PESCIROSSI
NARRATIVA

PESCIROSSI

M. ROSARIA PUGLIESE
CARRETERA

© 2014 goWare, Firenze
in accordo con Thesis Contents Agenzia Letteraria, Firenze-Milano

ISBN 978-88-6797-192-3

Copertina: Lorenzo Puliti
Redazione: Marco Rosati

goWare è una startup fiorentina specializzata in digital publishing
Fateci avere i vostri commenti a: info@goware-apps.it
Blogger e giornalisti possono richiedere una copia saggio
a Maria Ranieri: mari@goware-apps.com

Seguici su facebook, twitter, ebook extra

Lo Straordinario risiede nel Cammino delle Persone Comuni.

Paulo Coelho, *Il Cammino di Santiago*

Kattenkabinet
(Museo dei gatti)

Ogni notte l'ingegner Tony de Meis lasciava l'inutile letto, avviava il computer e iniziava a navigare. L'insonnia non gli dava tregua. L'aveva combattuta in tutti i modi: contando legioni di pecore, venendo a patti col buon Pastore, fantasticando pensieri erotici. Invano. La sera tirava fino a tardi, ma proprio quando gli sembrava di cascare dal sonno, quando l'unica cosa che desiderava era di precipitare nell'oblio indulgente della notte, allora gli occhi gli si spalancavano, i pensieri si ammutinavano e iniziava una veglia morbosa che lo lasciava per tutto il giorno seguente in uno stato di spossatezza fisica e di confusione mentale come reduce dalla battaglia delle Termopili.

Per concedersi due ore di riposo senza sogni buttava giù una manciata d'ansiolitici, che teneva allineati ordinatamente sul comodino, racchiusi in blister. In parte funzionava, ma era diventata una vera e propria trappola giacché ormai non poteva farne più a meno, anzi ne aumentava continuamente il dosaggio.

"Prima o poi, una mattina, la cameriera mi troverà stecchito" ironizzava lugubremente. Immaginava la scena. La donna avrebbe bussato discretamente, come sempre, portandogli il caffè. Qualche colpetto leggero alla porta, poi preoccupata sarebbe entrata in camera.

Il vassoio rovesciato e il caffè che schizza dappertutto.

Anche stanotte, l'ingegnere de Meis solca la rete.

L'homepage si visualizza dopo qualche secondo sul monitor azzurro, allora l'insonne Ulisse virtuale agguanta il mouse e salpa. Clicca in fretta, vuole veleggiare lontano.

Sfumature di colori e suoni cominciano a scorrere sempre più velocemente sul video, tanto fulminee che il navigatore non riesce a trattenerle e quasi rischia il naufragio in questo mare d'informazioni.

Le immagini si librano leggere e incontrollate come foglie che, sospinte da un vento improvviso di fine estate, si posano senza obbedire ad alcuna regola qua e là, sulle case, sul terreno, sui campi di tulipani...

Le case di Amsterdam sono alte e strette, anche i palazzi, i portoni, e le finestre lo sono, sicché i due amici, ridendo, si chiedevano come fanno gli olandesi a portarvi dentro il mobilio.

In quegli anni, Amsterdam era la capitale della trasgressione, tutto era consentito, nulla proibito: droga, alcol, sesso.

Tony e Marco, coetanei, neoingegneri, volevano vivere la vacanza a tutta birra.

Ogni cosa appariva eccitante, ai loro occhi: provenivano da un paese di provincia, una cittadina ricca dove la vita si svolgeva secondo ritmi immutati da decenni, gli anziani come pietrificati nel loro quotidiano, mentre la maggior parte dei giovani, per non restare ancorata a una realtà che li annoiava, creava altrove il proprio destino.

L'atmosfera cosmopolita, annuvolata dal fumo della cannabis, della metropoli olandese li sbalordiva in continuazione. A ogni passo una scoperta: i ponticelli a un'arcata riservati ai ciclisti; le donne che portavano i pullman; quel confluire a tutte le ore *on the road* d'universitari e artisti; gli spettacoli *new age* e i concerti rock nei cortili nascosti da facciate merlettate. Le ragazze a tariffa fissa nelle vetrine con orario di chiusura. Contesto, situazioni, stile di vita inimmaginabili dalle loro parti.

Non erano bambocci sprovveduti i due giovani. A ventotto anni, avevano una discreta esperienza degli amplessi a pagamento, e pingue era il *palmarès* di storie sentimentali nelle quali erano entrati e usciti con disinvoltura e superficialità. L'aspetto fisico li avvantaggiava: alti entrambi al di sopra della media, il sorriso contagioso, la parlantina che avrebbe fatto sciogliere i ghiacci perenni, figuriamoci le anime femminili. Tony, dai riccioli dolci in contrasto con il fare nervoso. Marco, cui lo sguardo trasognato dei miopi quando non portano gli occhiali conferiva l'aria dei martiri innocenti che si venerano nelle chiese.

Sapevano corteggiare, lucidi, però, nel proposito di rimanere immuni dai lacci di una relazione fissa.

Tuttavia, dieci mesi prima del viaggio, Marco era rimasto imbrigliato nella rete del sentimento vero, profondo: Veronica, una coetanea, bruna, spigliata, allegra, che al momento giusto sapeva essere tutta dolcezza, impadronitasi del suo cuore e dei suoi pensieri, gli aveva capovolto le convinzioni fino allora ostentate con spavalderia sulla disgrazia dell'accasamento. L'incontro fortuito in un vivaio, divenuto inopinatamente un legame importante, stava per sfociare nel matrimonio e già la data era stata fissata.

Il breve giro nel paese dove la prostituzione è legale, chi la pratica paga le tasse e in caso di interruzione del lavoro ha diritto all'indennità di disoccupazione, rappresentava una sorta di addio al celibato, il rito goliardico con il quale il nubendo sotterra simbolicamente la vita da uomo libero.

Tony che aveva organizzato per l'amico l'ultimo saluto all'universo femminile si era proposto di farlo andare a letto con almeno una dozzina di donne. E naturalmente non sarebbe stato a guardare.

Appena arrivati ad Amsterdam, si erano diretti nel quartiere a luci rosse.

Le strade del *Red Light Distrect*, le più tolleranti del mondo, brulicavano di uomini in cerca di emozioni e di semplici curiosi. Tutto risplendeva della luce vermiglia dei neon, però non era il luogo di perdizione sfrontata che immaginavano.

Ragazze cinesi, africane, europee, in sottoveste, posavano conturbanti, ma senza ammiccare, nelle vetrine. Adesivi con la macchina fotografica sbarrata avvertivano di non ritrarre, telecamere di sorveglianza erano installate a ogni angolo e si avvertiva la presenza cospicua di agenti di polizia. Nella Disneyland del sesso l'offerta era variegata, i corpi perfetti delle creature compiacenti ne riflettevano l'origine: natiche sporgenti nigeriane, gambe nordiche senza fine, voluttuosi fianchi brasiliani, acerbi seni anglosassoni, cintole strette, fulminee, dagli occhi a mandorla. Di fronte a tanta opulenza i due amici restarono sbigottiti, guardavano ammirati e non si sapevano decidere. L'esitazione costò loro cara: una delle ragazze, sentendosi fissata troppo a lungo, accostò la tendina ritirandosi nell'ombra del proprio spazio peccaminoso.

"Hai visto? Si è nascosta. Perché?" chiese Marco.

"Forse avrà terminato il suo orario di lavoro e ha chiuso bottega – sentenziò Tony – sono precise, non si affaticano neppure un minuto in più di quanto stabilito dal contratto".

Continuarono a passeggiare con calma, puntando le bambole viventi in maniera insistente, la temperatura corporea si alzava, ma loro non si risolvevano. Di nuovo immobili davanti a una vetrata, dietro la quale uno splendido esemplare di pantera nera, l'iride dorata, le unghie affilate, raggomitolata su uno sgabello, attendeva, vigile, la preda. Titubavano ancora i due giovani, forse qualche accenno di riso, e il grosso felino con uno scatto tirò la cortina. Fu il segnale. Uno dopo l'altro si chiusero tutti teli. La più sdegnosa calata di sipario sulla stupidità maschile dai tempi di Adamo ribadì l'orgoglio di essere puttane, la libertà di mercificare il proprio corpo e il diritto a essere rispettate.

I due amici conclusero la serata nel museo del condom.

L'indomani affittarono le biciclette e si unirono all'esercito scampanellante lungo la geometria dei canali e dei ponti mobili. Vagabondarono per ore, senza meta, fino a quando lo stomaco reclamò le sue ragioni.

Gli ex depositi della Compagnia delle Indie ospitavano birrerie, bistrot, comedy-café. Nei coffee-shop, dalla caratteristica insegna verde, si poteva tranquillamente fumare l'erba, in alcuni era possibile anche chiedere di vederla prima di ordinare.

"Non siamo venuti per la marijuana" osservò Marco.

"E neppure per vedere i mulini a vento – puntualizzò Tony –, dai, cerchiamo una birreria".

"La torta alla marijuana, però, voglio assaggiarla".

Si fermarono in una taverna dell'angiporto. Nel locale, che aveva le pareti rivestite di legno scuro, si respirava aria salmastra mista al profumo di cardamone. Quel posto di sicuro era stato un magazzino di prodotti coloniali, l'ammasso di barilotti e sartiame nell'angolo più profondo ne rivendicava il passato marinaro. I tavoli rettangolari erano occupati da rumorose comitive multietniche, l'atmosfera felicemente etilica.

"Come here, friends! How do you do?"

Una ragazza, dal caschetto biondo, faceva loro cenno di unirsi alla sua combriccola. Non si fecero pregare. Sedettero alla tavola, dove erano stati invitati, ordinarono panini ripieni d'aringhe affumicate e birra scura.

La generosa biondina si chiamava Justine. Marco divenne Marcus, il nome di Tony non subì stravolgimenti linguistici. Gli avventori fecero conoscenza: parlando il linguaggio universale della gioventù, si raccontavano storielle. In piedi un marcantonio dai lineamenti marcati, gli occhi di carbone, e la coda di cavallo, annunciò: "*Ime*[1] *Eugenios*" e iniziò a mimare qualcosa che aveva a che fare con i tulipani o forse con gli aeroplani, ma in fondo cosa scimmiottasse il greco non aveva alcuna importanza, perché nella gaudente torre di Babele i boccali spumeggianti scivolavano come bici senza freni su una strada bagnata.

Justine indossava stivali di pelle nera che le risalivano all'inguine a filo degli *hot-paint* e contrastavano con l'aria da collegiale che il caschetto dorato le donava. Se ne stava appiccicata come un francobollo a Marcus, gli sistemava gli occhiali sul naso, beveva dal suo bicchiere, con lentezza teatrale gli portava alla bocca i gamberetti, e allora il promesso sposo provò l'illusione di aver rimorchiato, guardò l'amico con l'espressione sciocca del seduttore per rimarcare che era fatta, l'olandesina ci stava.

La sera fredda del Nord irruppe sull'allegra brigata, sgretolandola.

Tony si avviò da solo verso l'albergo, Marco aveva già lasciato la birreria avvinghiato a Justine.

Non si sarebbero rivisti mai più.

L'aria pungente che a poco a poco gli liquidava l'ebbrezza, la bocca impastata, Tony desiderò sentire il sapore di un vero caffè. Gli indicarono un centro commerciale dove poté centellinare un *Segafredo* bollente. Fece ritorno nella stanza che puzzava di disinfettante, con la tappezzeria più squallida del mondo, si buttò, vestito, sul letto, provando un'inusitata malinconia.

---

1   "Sono", in greco moderno.

Era passato mezzogiorno quando aprì gli occhi e costatò che Marco non era rientrato.

"Hai capito il fringuello..." ridacchiò tra sé e sé.

Si recò a far colazione nel centro commerciale della sera prima, buttò giù, uno dopo l'altro, due caffè, si svegliò e decise di vivere la giornata così come veniva, girovagando a piedi tra la gente.

Costeggiava la riva dell'Herengracht, quando all'improvviso iniziò a piovere. Per un po' decise di ignorare le gocce sperando fosse una breve spruzzata, ma quando si sentì completamente zuppo – non aveva indossato il giubbino col cappuccio, la tee shirt, ormai fradicia, gli aderiva come una seconda pelle – convenne che era meglio ripararsi ad aspettare che la pioggia smettesse di rimbalzargli sul capo. Entrò nell'atrio di un palazzo storico, scrollandosi leggermente, e per qualche attimo gli sembrò che l'acquerugiola lo seguisse all'interno.

Un gruppetto di persone e alcuni gatti gironzolavano nell'androne. Non erano bagnati, e l'impressione era che non si trovassero lì per sfuggire al piovasco. Con lo sguardo, Tony perlustrava l'ambiente per capire dove fosse, notò una locandina affissa a una colonna, e si avvicinò. "Carta dei diritti del gatto" recitava il proclama di dieci articoli più un preambolo stilato in difesa dell'interesse e delle prerogative dei felini.

Si trovava al Kattenkabinet, un museo unico al mondo di cui non immaginava l'esistenza. Sorrise. "Perché no?" e decise di visitarlo, dopotutto non aveva programmi e oziando tra i mici si sarebbe pure asciugato.

Quel giorno Christianne non era di turno al pub, e perciò aveva deciso di passare la giornata nella galleria interamente dedicata ai suoi amici *miao*. L'*house-boat*[2] di trenta metri quadri dove viveva ne ospitava cinque, ma in realtà sul barcone ne scorrazzavano sei, perché il viso rotondo, gli occhi arancio scuro che si socchiudevano per la contentezza, il mantello di capelli fulvi tigrati, lo sguardo volutamente indecifrabile la facevano assomigliare a un pregiato esemplare di *tabby*, il più gatto di tutti i gatti.

Aveva da poco compiuto diciotto anni e da dieci mesi si era sistemata, con la tribù a quattro zampe, in una vecchia casa galleggiante che aveva avuto un passato onorevole come peschereccio nelle acque limacciose dei canali, ma poi quando perfino i lucci abboccati si erano rifiutati di salirvi, il proprietario l'aveva ancorato sulla sponda del North-Jordan e trasformato con poche modifiche in una zattera ricoperta da viole del pensiero che ciondolavano a fior d'acqua circondata dalle anatre.

I ricordi di Christianne sapevano d'antico: la fattoria dal tetto di paglia, i contadini che trasportavano bidoni di latte nei carrettini di legno, la piazza della cittadina dove aveva luogo la "pesa" delle forme rotonde di formaggio, le pedalate sulle strade innervate dei canali insieme a Marnik, il fratello gemello, e Arjette, la siamese bianco-crema con i suoi bizzarri vocalizzi e tanto fiera da rifiutare il guinzaglio. Le fiamme che all'improvviso, in una notte di luglio, divamparono nel casale risparmiarono Marnik e Christianne, ma non i genitori che si erano attardati per mettere in salvo le loro piccole cose.

Arjette, che di vite ne aveva sette e fino allora ne aveva vissuta solo una, si salvò grazie alle acrobazie di cui era capace. Di fronte alle macerie della casa e degli affetti, i due fratelli reagirono in maniera diversa: Marnik decise che sarebbe rimasto a ricostruire là dove il rogo aveva distrutto, mentre

2 Case galleggianti, un po' roulotte, un po' camper.

Christianne fronteggiò la tragedia allontanandosi definitivamente dal paese dove aveva vissuto fino allora. Prese in braccio la gattina siamese, si trasferì ad Amsterdam e trovò subito lavoro come cameriera.

Il giorno della visita al museo, Arjette era nervosa: non voleva giocare con gli altri gatti che sorvegliavano le stanze, e neppure era disposta a fare le fusa ai visitatori.

Christianne fu costretta a incrociarle la pettorina sotto la pancia per tenerle le briglie: sarebbe stato imprudente lasciarla girovagare anche se nel Kattenkabinet i mici erano considerati e trattati con il rispetto dovuto a entità superiori.

Tony si aggirava al pianterreno del museo, stupefatto ma anche divertito per la serietà con la quale le opere erano esposte.

Gatti di tutti i giorni, gatti campioni internazionali, gatti di campagna, naif, storici aristogatti, gatti delle favole, gatti inquilini del Colosseo, gatti di cartoni animati, eternizzati nei dipinti, nei manifesti, nei libri.

Christianne sollevò Arjette e si avviò per la scala di legno che portava al primo piano dell'edificio, la vera e propria "gatteria" d'arte, dove erano esposti i gioielli del museo: le tele in tema di Picasso, Rembrandt, Toulouse-Lautrec. Gli artisti che avevano enfatizzato l'anima dei felini esigevano, però, che gli ospiti tenessero in braccio i loro a-mici.

Intanto Tony ne aveva avuto abbastanza di quel luogo bizzarro e stava per uscirsene, quando si accorse che la pioggia ancora insisteva. Allora, con la stessa indolenza di un micione di casa, salì le rampe e fu al piano nobile. Si fermò solo un attimo sulla soglia della sala principale, che si affacciava sul canale, poi entrò dritto nella *catgallery* e nella vita di Christianne.

"*What a love you are*".

Marco sussurrava paroline dolci all'orecchio di Justine. Camminavano abbracciati, si baciavano con trasporto, mormorandosi le ciance inutili che la gioventù e l'alcol ispirano quando i sensi sono attizzati e l'unica cosa che si desidera è fare l'amore. Al più presto.

"*Marcus, you are so sweet*" lei, smorfiosa. E facevano naso-naso.

"*What will we go?*" domandò il giovane.

"*At home, to Justine's home*".

Lungo il Singel, gli edifici di mattoni con le travi in evidenza, qualcuno dalla facciata leggermente inclinata, pendevano in avanti, a pelo d'acqua.

Le cicogne placidamente remigando si fermavano sui tetti dove avevano nidificato.

A un tratto Justine si fermò e disse qualcosa nella sua lingua di mezzo tra l'inglese e il tedesco.

Marco capì che erano arrivati. La casa delle bambole era verde, compresa tra due costruzioni, l'erica ammantava il giardinetto circostante, le solite bici parcheggiate davanti, le tendine alle finestre semiaperte. Entrarono in una camera piccolissima: un letto, alcune mensole, poster ai muri, in un angolo la cucina elettrica, un bollitore.

Per un attimo rimase incerto, la mente vuota. La ragazza lo afferrò per mano e lo condusse nei soprassalti dell'amore immaginario.

La città pedalava già da un pezzo, quando Marco aprì gli occhi, ancora abbracciato a Justine che gli dormiva sul petto, il caschetto biondo scompigliato e soddisfatto e un braccio attorno alla schiena di lui. L'Italia, il matrimonio con Veronica, l'amico Tony, al giovane apparivano indistinti, annebbiati come l'ambiente lillipuziano nel quale si trovava e che, con lo sguardo ondivago tentava di mettere a fuoco. Gli occhiali erano a terra, dal suo lato, e pensò che se li avesse recuperati la visione – almeno quella a breve distanza – gli si sarebbe accomodata. Spostandosi lentamente all'estremità del letto, con la mano tastò a tentoni il pavimento, trovò l'asticella della montatura e l'afferrò. In quell'istante preciso, la casa, la quiete, il sonno di Justine furono scossi da violenti colpi alla porta che si squarciò come carta velina ed Eugenios, il greco con la coda di cavallo, si materializzò nell'andito.

Il gigante, gli occhi di brace, senza dire una parola, ma con una furia da fine del mondo, si abbatté su Marco, lo tirò giù dal materasso, con due morsi gli staccò il naso e lo sputò al suolo. Poi inforcò quella che prima del suo arrivo era stata una porta e sparì tra le eriche e le biciclette. Il viso insanguinato, Marco urlava come un ossesso per il dolore, mentre Justine tremando raccolse il mozzicone di carne viva.

All'ospedale, i chirurghi riattaccarono al viso la parte trinciata, applicarono un'impalcatura di gesso per sostenere il restauro e si dissero fiduciosi che il profilo sarebbe ritornato quello di prima. Non mancarono di prescrivergli potenti calmanti perché sconnetteva per la vergogna e per il dolore.

Marco rientrò in Italia, ancora sotto choc. La gabbietta che faceva da sostegno gli impediva di respirare correttamente e di portare gli occhiali. Raccontò di essere stato azzannato da un cane, ma nessuno gli credette, soprattutto la fidanzata che non volle più saperne di sposarlo.

Dopo qualche mese, stanco degli sfottò, istupidito dai farmaci, amareggiato dalla decisione di Veronica, scelse di vivere in un'altra città. Talvolta ripensava a quel soggiorno calamitoso ad Amsterdam e ancora si chiedeva se l'energumeno ellenico fosse il magnaccia di Justine oppure il suo amante geloso o se erano d'accordo tra loro e avevano inscenato la commedia... Ma poi decise di non porsi più domande e di dimenticare.

Christianne, con la sua piccola belva tutta baffi e artigli tra le braccia, sostava in contemplazione davanti alla scultura del dio-gatto: l'*Egyptian Mau* tronfio, glorificato nei secoli dai faraoni, eretto al di sopra degli umani, esseri a lui inferiori.

Eleganza allo stato puro: la testa a forma di piccolo cuneo, il mento fermo, le guance appena scavate, gli occhi di giada. Regale. Impossibile non tributargli onori.

Tony gironzolava gettando l'occhio distrattamente ai dipinti, ma a un tratto, rapito dalla figura di bronzo della creatura antica che secondo gli Egizi aveva superato i limiti della specie, si bloccò.

E incontrò il sorriso della ragazza che gli attraversò il cuore.

Solo un alchimista potrebbe spiegare il mistero di due giovani provenienti da mondi così diversi, morbosamente attratti dalla divinità felina, che – con il viatico della rappresentante terrena della razza – si piacquero ed entrarono subito in sintonia.

Il terzetto lasciò il museo tra i miagolii soddisfatti dei padroni di casa. La pioggia si era ritirata, le strade già asciugate sembravano oliate.

Lo stesso giorno, Tony si recò all'hotel per ritirare la valigia e si trasferì nell'*house-boat*. Marco, a quell'ora era già stato mutilato dell'organo dell'olfatto e in ospedale aveva dato istruzioni affinché rintracciassero l'amico. Ma chi s'incaricò di contattare l'albergo seppe che Tony era appena passato a ritirare il bagaglio e non aveva lasciato alcun recapito.

Nella casa galleggiante, Tony mutò completamente le sue abitudini e per tre anni fu felice insieme a Christianne e alla legione di gatti. Si mantenne dando lezioni d'italiano.

Un giorno però decise che non ne poteva più di vivere ondeggiando sull'acqua e propose alla compagna di traslocare in Italia. Christianne non accettò di seguirlo, ma insistette per regalargli un gatto, l'ultimo della figliata di Arjette.

Una zampata sul braccio e uno gnaulio ammaliante richiamarono nel presente l'ingegner Tony de Meis, che con un click spense il computer: Arjette II reclamava le coccole notturne, e in questo era tale e quale alla mamma.

Compagno di merenda

Il prato si srotolava come un tappeto fino a lambire il cielo.

La scolaresca arrivò al parco in fila indiana: uno dietro l'altro come tante formichine colorate e ognuno manteneva la mano destra sulla spalla del compagno che lo precedeva. L'espediente dell'appoggio era utile, secondo le maestre, per accorgersi subito se per strada qualcuno dei piccini si allontanava. Erano una trentina, e gli insegnanti soltanto tre. Una volta l'inciampare di uno aveva provocato l'effetto valanga, ma non era successo nulla di grave, solo qualche sbucciatura, e alla fine tutti si erano divertiti un mondo.

"Non calpestate le aiuole!". Con quest'esortazione furono sciolte le righe, e gioiosa irruppe la vita: i bambini corsero impazienti come pony ai quali si schiude il recinto, e lo scalpito lieve accarezzò il terreno appena umido.

La maestra Vinciguerra, giovane, minuta, vitino sottile, aveva lineamenti infantili incorniciati da riccioli castani. Non superava in altezza il più longilineo della classe e se si fosse allineata con la classe nessuno si sarebbe accorto che l'intrusa non aveva più l'età per frequentare la seconda elementare.

"Attenti a non farvi male!". La maestra Pizziballa, che qualcuno tra i più piccini chiamava mamma Pizza, a cinquant'anni aveva già educato diverse generazioni. Era una creatura dolcissima nata con la vocazione all'insegnamento e alla maternità, ruoli che non aveva mai disgiunto nella vita: *mater et magistra*, così amava definirsi enfaticamente paragonandosi alla Chiesa Universale.

Le due brave donne portavano dei dolci fatti in casa, alla buona, la torta di mele, il pandispagna. Oggi è una giornata diversa, la ricreazione è nel parco, i bambini faranno merenda all'aperto, sull'erba, e non in aula dove il cielo, i fiori, il sole sono pitturati sulle pareti. Oggi il mondo è vero, il sole è caldo e negli zainetti ci sono panini e succhi di frutta.

Perfino la voce delle insegnanti, modulata dagli alberi, risuona flautata, non impostata come a scuola quando dicono: "Colorate questa paginetta" oppure "State seduti perbenino".

Formava la retroguardia il maestro Quintavalle, insegnante di educazione fisica distaccato presso la scuola primaria. Un mascellone dal fisico prestante, in blue-jeans, felpa, giacca a vento e scarponcini con la suola gommata. Reggeva una busta di plastica trasparente piena di palle e palloni.

Nel parco c'era un torrentello stretto con il fondo sassoso che finiva in una pozza poco più grande di una tinozza.

I bambini immersero le mani nell'acqua, qualcuno incautamente bagnò anche le scarpe. Il maestro decise che si poteva attraversare senza alcun pericolo e mostrò come fare: per prima cosa dovevano rimboccarsi i pantaloni, poi incamminarsi a passetti brevi posando i piedi sulle pietre più larghe.

Con una sola falcata arrivò sull'altra sponda e tese le braccia ad accogliere i giovani pionieri. Le insegnanti guadarono il torrente tenendo per mano i più piccoli.

Ora i bambini hanno preso possesso del territorio, si rincorrono, si chiamano l'uno con l'altro, giocano a pallone, e Quintavalle tira sorprendenti rasoterra nella porta delimitata da due platani fronzuti, mentre i frugoletti che nessuno vuole in squadra attorniano le insegnanti che inventano per loro nuovi, antichi giochi.

A pochi metri dal parco, in un canalone colmo d'immondizie e roba vecchia, nella terra di nessuno, un corpicino seminascosto dalle foglie. Rannicchiato in posizione fetale, nudo, il cordone ombelicale ancora attaccato, il ditino pollice della mano destra in bocca.

Sembra un bambolotto il neonato di cui una natura vigliacca si è disfatta da qualche ora precipitandolo nel fossato tra la *poubelle*.

SonoNessuno, ecco perché mi hanno buttato via.

Non servo a niente, davo fastidio.

Forse avevo fatto qualcosa di male ma non ricordo cosa.

Sicuramente sono stato cattivo ma quando?

Sarà per colpa dei calcetti che davo nella pancia? o perché sbadigliavo?

Sì sarà per quello che mi hanno lanciato dal ponte.

Che male quando sono ruzzolato sulle pietre!

Potevano abbandonarmi in qualche posto, invece di gettarmi nel vuoto.

Devo essermi fatto la bua alla spalla, perché non riesco a girarmi.

Brrr! Che freddo!

Ho sete. Ho fame. Fame e sete. E sto gelando.

Neppure una goccia d'acqua mi ha dato.

Devo essere stato cattivissimo, ma io non avevo chiesto di nascere.

Nel mio nulla non c'era né scelta né volontà.

SonoNessuno.

Se chiudo gli occhi, però, due braccia morbide morbide mi sollevano, mi cullano e non mi sento più di ghiaccio.

E una voce dolcissima che mi dice: "Mi dispiace di averti maltrattato. Ricominciamo daccapo".

Le è passato il furore! Mi ha perdonato! Mi riempie di baci, mi stringe forte contro il suo petto caldo.

Riapro gli occhi e ... sono ancora un neonato morto sull'erba viva.

Da quanto tempo?

Però adesso so che verranno a riprendermi.

Devo rimanere calmo e teso ad aspettare. Mi stanno già cercando.

Sento delle voci. Qualcuno corre ...

Quella palla ... Se arrivasse un po' più vicino ... con uno sforzo enorme riuscirei a rilanciarla...

"È l'ora della merenda, su bambini fate pausa!".

"Basta col pallone. Sediamoci in cerchio, formiamo un cerchio magico".

Devono faticare non poco le maestre: quando giocano i ragazzi non pensano più a niente, vivono in un'altra dimensione. Dimenticano il cibo, il gioco li sazia.

"Non gettate le carte qua e là: raccogliamo tutto in un sacchetto – raccomanda il maestro Quintavalle – lo sapete che bisogna rispettare la natura. Dobbiamo lasciare il parco così come l'abbiamo trovato".

I bambini si lasciarono cadere sull'erba fitta, qualcuno ammucchiò le foglie secche per comporre una specie di sedile e si accomodò come su un trono.

La merenda al sacco iniziò. Dita grassocce estrassero svogliatamente dalle borse i cartoccetti preparati amorevolmente dalle mamme: panini gonfi di prosciutto avvolti nella carta oleata, toast imburrati sigillati nel domo pack, snack di cereali, pacchetti di cracker.

Le maestre distribuiscono tovaglioli e bicchieri di carta, perché tra poco ci sarà il dolce. Che pic-nic sarebbe senza il dolce?

I bambini che scartocciano, mordicchiano, sgranocchiano o soltanto smollicano non si sono accorti che c'è un nuovo compagno di merenda.

SonoNessuno, abbandonato l'incubo, è seduto tra loro, le gambe incrociate alla turca. Sta mangiando un'arancia. È immensamente felice, le tempie azzurre gli palpitano, il cuore gli batte all'impazzata: in questo nuovo mondo è uguale a tutti gli altri esseri che gli sono vicini e che parlano e ridono. Uno di loro gli mostra come si fa a bere dalla bottiglia senza bagnarsi. Un po' confuso accosta alle labbra il thermos che viene passato e le gocce fresche spengono la sete.

Una bambina lunga lunga – cresciuta più degli altri – gira con un vassoio tra le mani. Sta offrendo la torta e, con un sorriso, ne porge una fetta anche a lui che senza mangiarla si sente sazio.

"Mamma Pizza, mamma Pizza io la so fare la pizza", un ometto dalla fronte ampia e grandi occhi scuri tormenta la maestra.

"Spiegaci come si fa, così la prossima volta faremo tutti le pizze", lo incoraggia l'insegnante.

Il bambino mima i gesti che ha visto fare alla mamma, impasta, spiana, condisce, inforna, e mentre tutti battono le mani annuncia con serietà: "Da grande voglio fare il pizzaiolo".

"Io farò il fantasma per spaventare mia sorella" è la dichiarazione d'intenti di un cherubino ricciuto, gli occhi azzurri come biglie, che mentre fa l'annuncio atteggia il visino a una smorfia orrenda.

"Io il calciatore, anzi il portiere, stare in porta mi piace!" avverte un altro, la faccina punteggiata di lentiggini e le fossette sulle mani e sulle ginocchia.

"Sì ma i goal li dovrai parare, non farti da parte per far passare il pallone... oggi ne hai incassati due..." scherza Quintavalle.

"Io l'idraulico come il mio papà!".

"Io preparerò i coctelli!".

SonoNessuno è attentissimo, non perde una sillaba, non dice nulla, ma ha deciso: lui da grande vuole fare il bambino!

"Sta per arrivare il pullmino. Dobbiamo avviarci. Su bambini, raccogliamo le carte, le lattine, le briciole. Mettiamo tutto nelle buste. Non dobbiamo lasciare traccia del nostro passaggio".

La comitiva – guance rosse, zainetti in spalla e qualche inevitabile capriccetto – lascia il parco, e questa volta sono le maestre Vinciguerra e Pizziballa a chiudere le file dell'instancabile armata.

SonoNessuno è rimasto sul prato, gli occhi supplici, un sorriso di gioia sulle labbra. Agita la manina per salutare i compagni che si stanno allontanando. Vorrebbe unirsi a loro, rispondere al richiamo della vita, così come il cane di London segue i lupi ululando e diventa lupo con loro...

A pochi metri dal parco, in un canalone colmo d'immondizie e roba vecchia, nella terra di nessuno, un corpicino seminascosto dalle foglie. Rannicchiato in posizione fetale, nudo, il cordone ombelicale ancora attaccato.

Non ciuccia più il pollice destro.

Christmas Miracle

Nella fredda sera newyorkese la coppia uscì dall'albergo e s'incamminò lungo la Fifth Avenue, per assistere al concerto di Natale nella cattedrale.

"Sei alla moda col tuo basco" osservò lui, girandosi verso la donna. E la fissò in modo ironico e compiaciuto.

Lei guardò la galassia dei piccoli nei caffellatte che costellavano le guance del marito e, benevolmente sorpresa perché non le faceva mai complimenti, si aggiustò vezzosamente il copricapo di lana amaranto, schiacciandolo sulla tempia destra. Dopo questa manovra, disse: "Gli americani sono eleganti. Anche i giovani indossano cappotti di cammello e hanno sciarpe di cashmere al collo".

"Manhattan non è tutta l'America" puntualizzò lui.

"È vero, però si è sempre detto che da queste parti la gente veste malissimo. Invece siamo noi italiani a imbacuccarci dentro piumini imbottiti e giacche a vento informi".

"Abbiamo importato il loro abbigliamento, come tante altre cose, noi ci siamo americanizzati e ..."

"... e loro europeizzati e quindi raffinati" concluse la donna arricciando il naso.

Anche Dionigi e Angela dopo la vincita alla lotteria volevano diventare raffinati. O almeno ci provavano. Con la grossa somma piovuta dal cielo, si erano trasformati da commercianti in *globettrotters*. Per trent'anni avevano gestito un negozio nella cittadina di provincia dove abitavano. Una merceria-cartoleria-tutto-per-la-casa, uno di quegli empori globali dove, eccetto il cibo, si trova dal detersivo alla penna biro, dalla magnesia alle candeline per *Tanti auguri*. In tre decenni d'attività non avevano abbassato la saracinesca né a Natale né a Capodanno né a Ferragosto e in nessun'altra festività comandata. Il negozio era stato la loro vita, il loro credo, il sogno realizzato.

La vocazione del mercante l'avevano nel sangue, perché entrambi figli di venditori ambulanti.

Il papà di lui per una vita aveva decantato scampoli di stoffe al mercato. I genitori di lei – tanto poveri da non potersi permettere neppure un banchetto – si erano accontentati di vendere nell'ombrello. L'ultimo scalino della gerarchia commerciale.

Angela ricordava l'esposizione della mercanzia – calzini, nastri, fazzoletti, gomitoli di lana – nell'ombrellone nero aperto, in piazza. E ancora se ne vergognava. A fine giornata si raccoglieva l'invenduto e si chiudeva il parapioggia-vetrina.

Essere stati prescelti dalla dea bendata l'avrebbe affrancata per sempre dal "complesso dell'ombrello".

Calata definitivamente la serranda, rimossa l'antica insegna, i coniugi si riempirono di traveller's cheque e iniziarono a girare il mondo senza avere la minima idea di cosa vedere. Tornavano dai viaggi sovraccarichi di paccottiglia che ammassavano nel loro appartamento sempre più simile a uno scalo merci.

Due cinquantenni in sovrappeso: la vita sedentaria da bottegai aveva rafforzato la cintola di lui e i fianchi di lei, ma le gambe erano solide e impazienti di recuperare il tempo perduto.

L'idea di passare il Natale a New York era stata dell'uomo, la moglie avrebbe preferito una meta esotica, un'isola caraibica dove nuotare nelle acque cristalline, distendersi all'ombra delle palme, sorseggiare quei beveroni colorati che si vedono nelle pubblicità, ma soprattutto da dove tornare tanto abbronzati che già all'aeroporto ti guardano chiedendosi da quale paradiso provieni. Un'abbronzatura da far schiumare d'invidia tutti quelli che ti conoscono.

Però poi aveva ceduto alla tentazione di raccontare dell'abete maestoso e tutto luccicante di Rockfeller Center che ogni anno la televisione fa vedere, e vuoi mettere l'atmosfera natalizia della Grande Mela con quella festosa sì, ma paesana del piccolo centro dove vivevano?

Da due giorni nella mecca dello shopping, si erano caricati come muli da Macy's, Saks, Bloomingdale's e il supplemento che avrebbero dovuto pagare per i bagagli già superava il prezzo dell'intero viaggio, ma ancora lungo era l'elenco degli store che intendevano saccheggiare, assillati da come spendere.

"Guarda Angela, hanno fatto il presepe!".

Era stato lui a vederlo per primo, appena messo piede nell'hotel a cinque stelle in Park Avenue. Rincantucciata in un incavo dell'enorme hall, una modesta rappresentazione della Santa Natività. Un quieto presepe tradizionale con i pastori dalla faccia brunita e la paglia nella mangiatoia, che nulla concedeva ai cow-boy o alla statua della libertà.

Lei stava per dire qualcosa, ma l'accompagnatore del tour la precedette spiegando: "L'hotel fa parte di una catena alberghiera italiana, sensibile a che certe tradizioni non vadano perdute. Inoltre, poiché la clientela proviene in massima parte dall'Italia, i proprietari ritengono faccia piacere agli ospiti ritrovare, così lontano dalla patria, il simbolo per eccellenza del Natale".

"Questo paese è tutto un *bisiniss*". Passeggiando, col naso all'insù, nella nevrosi infiocchettata di Manhattan, ripetevano l'unica parola inglese che conoscevano. Il freddo e le luci psichedeliche li facevano lacrimare e dovettero inforcare gli occhiali da sole per resistere allo sfolgorio della stella di Swarovski.

Da quando erano sbarcati nella città che non dorme mai, Dionigi non faceva altro che convertire mentalmente in euro qualunque numero accompagnato dal simbolo del dollaro. Un calcolo primitivo da onesto commerciante, ma il risultato non mancava mai di stupirlo, soprattutto lo sbalordiva l'enormità di consumo energetico, i milioni di chilowattora sprigionati dalla megalopoli artificiale.

Angela era impressionata dall'immensità degli spazi. Fino allora la superficie più estesa su cui avevano posato gli occhi era il ventoso campetto da gioco del loro paese. Ma adesso, nel sogno che stavano vivendo, tutto era talmente grande da superare qualunque fantasticheria e i fotogrammi si susseguivano a una tale velocità che nella testa della donna, intenzionata a memorizzare ogni particolare, non c'era spazio sufficiente per contenere quella bulimia d'immagini.

Le torri gotiche di St. Patrick, incastonate nella selva di guglie d'acciaio, sembravano incarnare la sfida terrena al cielo.

Erano arrivati alla Cattedrale.

"*Bisiniss* – continuava lui – i grattacieli affermano arrogantemente il *bisiniss*, mentre il tempio di Dio ci ricorda l'eterno. Una contraddizione scioccante".

"Schizofrenica" esclamò lei, senza conoscere l'esatto significato della parola pronunciata. Il suo intuito da popolana le suggeriva spesso i termini appropriati. Prese dalla borsa i biglietti per *The City Singing at Christmas*, offerti dalla Direzione dell'albergo.

Centinaia di persone convergevano da ogni parte. Il servizio d'ordine ne regolava l'afflusso in chiesa. La coppia passò attraverso il metal-detector ed entrò, avviandosi subito verso lo *shop-point*. Ma il cartello esposto sulla vetrina li frenò: durante il concerto la vendita era sospesa.

Cordoni bordò dividevano le navate in settori che si riempivano progressivamente. La priorità dei posti era stabilita dall'ordine di arrivo. Soltanto le ultime file delle navate laterali erano ancora vacanti. Un addetto li accompagnò in quella direzione e consegnò loro il programma.

In alto, a lato dei banchi, erano stati collocati alcuni maxischermi.

Decoravano la cattedrale cattolica soltanto leggere ed eleganti ghirlande natalizie. Nessun addobbo appariscente, la sobrietà dell'ambiente ricordava le chiese di culto protestante.

Gli orchestrali e i cantori erano già schierati nella tribuna, davanti all'altare: gli uomini in smoking, le donne indossavano gonne lunghe di velluto nero e camicette bianche di raso.

Quando tutti ebbero preso posto ordinatamente, il concerto iniziò.

Le note struggenti dell'*Adeste Fidelis* risuonarono per prime sotto le volte gotiche e poi l'*Ave Maria*, a una voce sola, in latino.

Angela poggiò lievemente la mano sul braccio del marito.

"Guarda lì" gli sussurrò, dirottandogli lo sguardo verso destra.

All'estremità di uno scanno, quasi addossato a una colonna, un uomo, il capo chino sul petto, ronfava come un ghiro. Una palandrana di tweed lunga e lacera lo ricopriva come una coperta; sulla zimarra uno scialle di lana con le frange.

"È conciato proprio male, poveraccio. Ma che ci fa in un posto come questo, dove anche le candele colano dollari? – commentò Dionigi – Non credo sia un mendicante. La sicurezza non l'avrebbe fatto entrare".

Lei non disse più nulla, ma ogni tanto guardava in quella direzione.

Ora Saint Patrick vibrava con *Casta Diva*. La preghiera elevata alla luna dal soprano che aveva la voce trasparente come l'acqua accarezzava l'anima. La pienezza della cavatina colmava il tempio fino all'ultima acquasantiera.

L'uomo appoggiato al pilastro sembrò improvvisamente percorso da un flusso di corrente, si scosse e aprì gli occhi. La fronte solcata da rughe profonde, capelli corti e dritti, canuto, ma non vecchio, rimase immobile, ispirato dalla sciagura di *Norma*.

Un sorprendente assolo di clarinetto introdusse *E lucean le stelle*. Tosca, col suo amore disperato, rivisse a Saint Patrick, e sul viso del barbone la tragedia si compì fin sopra gli spalti di Castel Sant'Angelo.

La gioventù gaia e terribile della *Bohème* si consumò rapidamente tra le gelide manine di Mimì e allo strazio del finale non si sottrasse il misterioso spettatore vestito miseramente, che esultò subito dopo con la marcia trionfale del Faraone. Ma la triste sorte di *Aida*, la schiava principessa, lo fece ripiombare nella melanconia. Si risollevò con l'impertinente allegretto sull'imperscrutabilità femminile *La donna è mobile* che riempì l'aria, per ricadere nel tormento del *Rigoletto* irriso dai cortigiani.

Tribolazione, illusione, felicità, amore filiale, passione, tradimento: tutto il mondo del melodramma, eseguito a regola d'arte, riecheggiò tra le vetrate istoriate e si soffermò sulle guance dell'uomo della palandrana che soffriva e gioiva con i personaggi.

Una vorticosa pastorale, il *Te Deum*, concluse il concerto di Natale a stelle e strisce.

Le luci furono abbassate e i cantori sfilarono lungo le navate, formando una serpentina, in un'atmosfera d'intensa suggestione.

La coppia era insoddisfatta perché – per pudore non l'avrebbe mai ammesso – si aspettava un altro tipo di spettacolo.

Lui aveva sperato di potersi unire al coro con la sua bella voce da imbonitore e lei immaginava un finale con le majorettes.

All'aperto la temperatura era gelida. Un gruppo di *Children of God*[1] incoraggiava con enfasi a condividere il messaggio dell'amore di Dio, facendo sesso con chiunque ne avesse bisogno. Angela e Dionigi improvvisamente si sentirono soli, sperduti, non sapevano a chi augurare buon Natale e forse quello era il momento giusto per piangere.

Racchiuso nella palandrana di tweed, come un baco nel bozzolo, lo scialle con le frange rimontato sulla testa, l'uomo della cattedrale fissava l'abete gigantesco che rischiarava i portali di bronzo. La coppia lo scorse.

Lei si mise sottobraccio al marito e gli propose: "Seguiamolo per un po'. Chissà che non ci riservi qualche sorpresa. Magari è un miliardario in incognito e verrà a prenderlo l'autista con la limousine".

"Magari abita al Plaza! Che fantasia, Angela!" esclamò Dionigi sorridendo, ma non disse di no perché nulla sapeva negare agli occhi neri della moglie, lucenti come olive mature.

Fu facile stare dietro allo sconosciuto, che era alto e camminava senza fretta, e con quell'abbigliamento ciabattone si distingueva anche a distanza.

E lui li condusse fino al Grand Central Terminal, dove nell'immenso atrio scomparve brevemente sotto la costellazione dei Gemelli, per ricomparire tra la folla anonima sulla rampa di snodo con la *subway* in direzione sud.

La coppia, inspiegabilmente sedotta dall'enigmatica figura non meno che i bambini di Hamelin dal pifferaio magico, lo tallonava stretto.

Ormai si trovavano nel crogiuolo della metropolitana.

"Che cosa sono quegli scarabocchi?" chiese Angela al marito.

Le carrozze erano interamente ricoperte da graffiti raffiguranti umani imbalsamati che danzavano con animali sventrati.

---

1 Setta religiosa.

"Sicuramente sono stati dei vandali con le bombolette spray" s'indignò Dionigi. S'interruppe: lo sconosciuto stava entrando in un vagone su cui l'espressività pittorica del *writer* si era espressa raffigurando cartoni animati sullo sfondo di un cielo nuvoloso. Al volo marito e moglie s'infilarono nel cielo nuvoloso.

Mikel Bonaventura era nato in America da genitori italiani. Agli inizi del ventesimo secolo il padre, Giuseppe, aveva affrontato, come altri quattro milioni di uomini e donne, l'umiliante smistamento di Ellis Island, la discriminazione razziale – perché bruno, di bassa statura e di colorito olivastro –, il disagio di non conoscere la lingua, l'isolamento derivante dalla povertà.

Il sospirato timbro "admitted" fu la chiave di volta del suo futuro. Non tornò mai più nella terra da cui era partito e della quale fu sempre orgoglioso.

Non era contadino e neppure manovale: ago, filo e forbici i suoi strumenti di lavoro. In paese, nella bottega del nonno pantalonaio aveva imparato il mestiere e, in poco tempo, superato il maestro. A quattordici anni, quando gli apprendisti a mala pena sanno fare un orlo o un'imbastitura, era già in grado di tagliare un abito senza la sagoma di carta, segnando il tessuto col gesso. Usava le forbici con la scioltezza di un giocoliere e la precisione di un orologiaio.

Il talento gli si sarebbe consumato nel cucire ai compaesani l'abito per il matrimonio, l'unico che si facevano nel corso della vita, se non avesse avuto ambizione e lungimiranza. Il suo destino di emigrante lo portò a Hoboken, nel New Jersey, dove trovò occupazione e amore. Nella fabbrica di camicie fatte in serie, una delle tante famigerate *sweat shop*[2], incontrò una coetanea

2 Fabbriche del sudore.

sbarcata anche lei dalla miseria del Mezzogiorno d'Italia: Sofia, sarta nata. Dopo un anno si sposarono e si misero in proprio. Aprirono un laboratorio di sartoria e passo dopo passo, grazie alla creatività, al senso estetico e alla forte etica del lavoro – unici capitali di cui disponevano – progredirono nella scala sociale, in un paese dominato dai valori materiali. La loro sorte nel Nuovo Mondo fu migliore di quella di tanti altri.

A cinquant'anni, parlando ancora un inglese smozzicato, possedevano una casa di dieci stanze in città e un'altra in riva al mare a Cape May, due atelier e tre figli.

Giuseppe, divenuto Joseph, Bonaventura era considerato un maestro delle cuciture, delle spillature, delle rifiniture: gli abiti che uscivano dalla *Bonaventura's tailors*, curati nei minimi dettagli, ricoprivano il cliente come una seconda pelle. Tuttavia, anche se mangiavano il tacchino il giorno del Ringraziamento, non si sentirono mai cittadini degli Stati Uniti.

Come tutti gli emigranti di prima generazione, Joseph e Sofia non solo mantennero pregi, difetti e costumi d'origine, ma li resero più pronunciati: memori di Dio, in terra protestante, insegnarono ai figli a pregare in italiano, la domenica si incontravano con i connazionali, spostavano i mobili e ballavano; facevano in casa il vino e le conserve, mangiavano con enfasi più "primo piatto", "più cucinato" delle altre etnie.

Erano salpati per l'America, ammassati nella terza classe del piroscafo, alla bruta ricerca del pane, ma per i loro rampolli Mary, Nicholas e Mikel – che non partivano da zero – confidavano in un futuro più che roseo. Le premesse, almeno quelle economiche, c'erano.

Joseph però aveva ancora un desiderio da realizzare: aprire un centro di vendita di là dall'Hudson, nella griglia stradale di Manhattan. Vagheggiava l'insegna: *Italian fashion*. Il giorno in cui le sue creazioni sarebbero state in mostra tra i parallelepipedi di vetro della Madison Avenue, quel giorno il suo sogno americano poteva dirsi veramente compiuto.

Dei tre figli, la femmina e il maggiore dei maschi vennero su più *mericani* dei nativi della superpotenza eletta. Parlavano lo *slang* come *yankee*, ironizzavano sugli sforzi dei genitori per usare l'inglese, possedevano fiuto per il *business*. Affiancarono il capofamiglia nelle scelte commerciali, convinti che impegno e determinazione individuale siano gli unici ingredienti del successo.

Slanciato come un papiro, mani eleganti, capelli biondi e lisci, sguardo inquieto, Mikel, il più giovane, non era fatto della stessa pasta dei fratelli: per lui la musica veniva prima del grossolano dollaro. Non il suono passatista del mandolino che il padre strimpellava nelle giornate di festa, e neppure il rhythm & blues, di matrice afroamericana, di moda tra i suoi coetanei. Lui amava la musica colta, occidentale, i capolavori senza tempo di Verdi, di Puccini, di Rossini. Ascoltava per ore la voce di Caruso che esplodeva dal grammofono. Custodiva con religiosa devozione i settantotto giri di vinile del tenore e li spazzolava appuntino.

Joseph Bonaventura avrebbe potuto anche tollerare l'indifferenza dell'ultimogenito verso gli affari e rassegnarsi all'idea che non volesse seguirlo nel cammino che lui e la moglie avevano tracciato, ma non avrebbe mai potuto accettare le sue inclinazioni amorose: Mikel era una di quelle persone segnate dall'attrazione esclusiva verso persone del suo stesso sesso. Da ragazzino aveva nascosto la vera indole, consapevole della terribile riprovazione familiare, ma i modi femminei e gli sguardi che rivolgeva agli uomini che venivano a provarsi gli abiti nell'atelier non erano sfuggiti a nessuno e quando – a diciassette anni – fu sorpreso in un camerino prova a baciarsi con un anziano lavorante, considerato marito irreprensibile, che già da un lustro lo aveva iniziato ai piaceri fra maschi, la reazione del genitore fu bestiale.

"Un figlio finocchio non lo voglio!" urlò Joseph con tutta la disperazione di cui era capace e, sfilata la cinghia, si avventò come una furia sul ragazzo.

Il dipendente "depravato" scacciato come un cane rognoso, senza dargli neanche il tempo di allacciarsi i pantaloni, scansò il pestaggio a morte o la denuncia solo perché i Bonaventura erano terrorizzati all'idea dello scandalo che inevitabilmente si sarebbe abbattuto sulla famiglia.

Non riuscirono le batoste, le minacce e neppure le preghiere di Sofia a soffocare la natura di Mikel e a farlo comportare come il maschio che non voleva essere, e poiché rimanere nella casa paterna implicava il rispetto assoluto della volontà del padre, non gli restò altro da fare che mettere qualche indumento in una sacca e andarsene.

Si trasferì a Brooklyn in una camera d'affitto. Trovò lavoro presso un restauratore di strumenti musicali a corda che comprese subito la causa dell'infelicità di quel giovane dai lineamenti fragili e, senza provare alcun fastidio, lo accettò come lavorante.

Quelli furono gli anni migliori per Mikel. Si sentiva indipendente, libero nei comportamenti, nelle scelte. Assisteva ai concerti gratuiti nei parchi, nelle chiese, all'Academy of Music e, quando riusciva a procurarsi il biglietto più economico, al maggior tempio della buona musica, il Metropolitan.

Il lavoro gli piaceva: imparò ad accomodare con estrema precisione le parti logore o danneggiate dei violini, recuperarne la perfetta sonorità appagava la sua sensibilità musicale al pari dell'ascolto di un'opera lirica.

Grazie all'aspetto avvenente avrebbe potuto ottenere sesso facilmente sia di giorno sia di notte, nonostante il clima omofobo di quegli anni. Evitava, tuttavia, gli incontri commerciali a Prospect Park o nei bagni della metropolitana con gli effeminati inguainati in pantaloni eccentrici, smalto sulle unghie e magliette attillatissime a maniche corte, rifugiandosi in passioni dissennate, ma discrete.

La morte dell'artigiano, l'unico padre che avesse avuto, segnò l'inizio della sua parabola discendente. Abbandonò il lavoro, passò da una camera ammobiliata a un'altra, e le stanze che abitava erano sempre più disordinate come la sua esistenza. Divenne sciatto, molle. Senza alcun riferimento affettivo, era lui a offrirsi agli uomini. Il bisogno economico lo costringeva ad adescare clienti di qualunque tipo, perfino i maneschi. La passione per la musica, risvegliandogli brevi sussulti di dignità, lo strappava alle forze selvagge dell'autodistruzione. La musica: l'estrema ancora di sopravvivenza.

La mancanza di soldi non gli permetteva di acquistare biglietti, neppure a buon mercato; nei luoghi pubblici all'aperto era conosciuto e non veniva lasciato in pace: per ascoltare il bel canto gli rimasero solo le chiese.

La "crociera" nella *subway* sopraelevata durò un'ora.

Mikel Bonaventura e la coppia viaggiarono nello stesso vagone, tra un gruppo di ebrei taciturni dai capelli raccolti a boccoli e una combriccola di ragazzi ispanici, con una grossa radio a transistor, che si esibivano nell'hip-hop.

Alla stazione della 18ª Avenue, Mikel scese e i coniugi – che avevano preso gusto a fare i detective – discretamente gli stettero dietro, senza perderlo di vista.

"Siamo a Brooklyn" annunciò Dionigi.

Ora l'uomo della cattedrale camminava spedito, sicuro della meta, non aveva più l'andatura fiacca di Manhattan, sembrava impaziente di recarsi in un luogo preciso o d'incontrarsi con qualcuno.

Schiere di case di mattoni rossi si alternavano a viali albe- rati. A ogni angolo il tricolore affiancava la bandiera ameri- cana. Sotto i porticati delle case, sulle aiuole, pupazzi giganti raffiguranti Babbo Natale con slitta e renna sorridevano ac- canto a Padre Pio o a Sant'Antonio di pietra. Nostalgiche canzoni italiane e cori natalizi a tutto volume provenivano dai ristoranti e dai bar. Un'atmosfera assurdamente confusa.

"*Lucc aut cumpà*"[3].

L'imprecazione-consiglio arrivò da una station wagon bi- colore che per un soffio scansò marito e moglie.

"Hai sentito? Ha detto *cumpà*".

"Certo, qui parlano *broccolino*, l'inglese mescolato ai dia- letti", rispose lei con sufficienza.

Intanto Mikel, dopo aver superato alcuni *blocks*[4] era entra- to in un locale a pianterreno di un vecchio edificio proletario.

Angela e Dionigi raggiunsero l'ingresso dello stabile oltre il quale era sparito il loro uomo che sembrava un esercizio pub- blico, una specie di ristorante economico, però non aveva al- cuna insegna. Si fermarono titubanti davanti alla porta chiusa.

L'uscio si spalancò. "*Come in, come in, paisà*"[5].

Un uomo di mezz'età, in giacca di lamé, truccato e lacca- to, li invitava a entrare. La coppia, senza neppure rendersene conto, fece qualche passo avanti e si ritrovò in una grande sala addobbata con festoni scintillanti e palloncini colorati.

In fondo al locale, l'alberone di Natale quasi collassava sotto il peso delle decorazioni: peluche, campanellini, cate- nelle, fiocchi, stelline, banconote, pigne, cartoline d'auguri e altri ninnoli. In cima alla giostra ornamentale un angioletto dormiva sulla luna. Minilucciole intermittenti oscuravano

---

3 "Attento, compare!".
4 Isolati.
5 "Entrate, entrate, compaesani".

brevemente l'insostenibile sovraccarico per farlo rifulgere poi d'improvviso.

Lunghi tavoli comuni ricoperti da tovaglie rosse occupavano quasi tutto lo spazio, e rosse erano le candele sistemate agli angoli.

Sul bancone, anch'esso rosso, accostato alla parete, vassoi colmi di struffoli, roccocò, taralli, cannoli, frutta secca, bottiglie di vermouth e caraffe di vino. Tra le delizie troneggiava uno smisurato babà a forma di fallo.

L'atmosfera era rumorosa ma accogliente, profumata di rum e di miele e segnata dal buonumore degli ospiti, tutti vestiti da donne: abiti scollacciati, sbrillucicanti di paillettes e strass, e lunghi pendenti alle orecchie.

"*'A ticchetta*"[6] intimò l'anfitrione alla coppia "*One dollars for each board*"[7].

"Subito!" Dionigi tirò fuori i soldi senza capire niente.

La tombola scostumata iniziò.

"*Thirty-seven, 'o monk*"[8].

Un'ermafrodita, occhi e labbra impiastriccianti, strizzato in un abito rosso fuoco bordato di marabù, estraeva i numeri dal panierino.

"*What is doing 'o zi monac, Riavullella?*"[9] s'informava curioso il pubblico.

Riavulella, l'invertito-croupier, annunciando l'estratto ne scimmiottava il significato con movenze gattose.

"*Fifty-five, 'a museca*"[10].

"*'U maronna! And then what happenne?*"[11]

---

6 "The ticket", il biglietto.
7 "Un dollaro per ogni cartella".
8 "37, il monaco".
9 "Che sta facendo il monaco, Diavoletta?".
10 "55, la musica".
11 "Oh Madonna! e poi cosa accade?".

La sala interagiva con *Riavulella* e, a mano a mano che procedeva l'estrazione, la tombola diventava più sboccata.

"*Hai mangiate, 'u frate?*"[12] chiese gentilmente a Dionigi la checca con il cappuccio da Babbo Natale, e senza aspettare risposta portò alla coppia un piatto di dolci.

La situazione era schietta, priva di qualunque malizia: marito e moglie, superato lo sgomento iniziale, cominciarono a sentirsi al sicuro, perfino coccolati nell'enclave delle creature effeminate. Brindavano con tutte. Si divertivano fino ad asciugarsi le lacrime dalle risate.

"*Call me fourteen 'o mbriac*"[13].

"*Sciarappa!* (Shut up!) *Wait and see, pastascula!*"[14]

"*Fuck off!*"[15].

Questa volta fu Angela a vederlo per prima.

Se ne stava discreto, quasi nascosto, vicino alla toilette.

La coppia si avvicinò devotamente, con gli occhi lucidi, perché il presepe è sempre bello e commovente.

Sul muschio plastificato, pastori tradizionali compongono la sacra rappresentazione.

Nella grotta della Natività, però, è un giovanotto ad affiancare Giuseppe.

La culla è vuota. Ma a mezzanotte, come sempre, il Bambino scenderà dalle stelle. A mezzanotte.

Miracolo di Natale.

12 "Hai mangiato, fratello?".
13 "Estrai il 14, l'ubriaco".
14 "Sta' zitto, aspetta e guarda, scolapasta".
15 "Va' a quel paese!".

Abracadabra

In un afoso pomeriggio di luglio, il cielo di un azzurro latteo, due signore, giovani e attraenti, si stavano recando all'ospedale di una cittadina del Nord-Est d'Italia, distesa come un lenzuolo spiegazzato sulle pendici estreme dei Monti Berici.

Sembravano sorelle. Stesso portamento armonioso, stesse guance alte e labbra piene, stesso profilo, identici i *Ray-Ban* con le lenti verde america, tutt'e due abbronzate, solo il pagliaio di capelli biondi a una incorniciava il viso con romantiche onde, all'altra declinava scarmigliato verso la fronte con effetto "così mi sono alzata dal letto".

"Perché inerpicarci qui sopra, Magda? Sarebbe bastato fermarci in farmacia per farmi controllare la pressione: sarà caduta in picchiata a causa di questa calura", disse Elvira che per qualche secondo aveva visto, di là della frangia ribelle, il mondo girare come una giostra.

"Sei ancora pallida. Non bisogna mai sottovalutare un malore. È meglio passare per l'ospedale. Una struttura di prim'ordine, vedrai. Vengono persone da ogni parte del mondo a curarsi...".

"Ma sto bene adesso...".

"Siamo arrivate".

L'amicizia tra Elvira e Magda, che si conoscevano sin da quando al mare indossavano il costumino-pannolino, non era venuta meno né con la fine degli studi né col matrimonio e neppure col cambiamento di città da parte di Magda, che

41

da quindici anni si era trasferita, con il marito, a mille chilometri dall'amica del cuore, in un posto dove l'efficienza dei servizi e il buon vino consolavano delle zanzare che d'estate non davano tregua e del freddo che, nei mesi invernali, raggelava perfino il fiato.

Nelle telefonate che frequentemente si scambiavano, ad avere il sopravvento lungo il filo erano i problemi, le ansie, le soddisfazioni quotidiane, uguali a ogni latitudine, ma quando l'una faceva visita all'altra, la distanza e il tempo trascorso si azzeravano e tornavano i ricordi dell'adolescenza, di quando la vita era orizzontale. Con le lenti deformi della nostalgia rivedevano luoghi, avvenimenti, e il passato si ripresentava attraverso immagini vivide come farfalle... *Ti ricordi quando mettemmo il sale anziché lo zucchero nella torta di compleanno di zia Giulia?... Il lido delle Ginestre c'è ancora?... la rotonda dove si ballava sulla mattonella... quella volta – era Ferragosto? – in spiaggia... la pioggia venne giù improvvisa, a catinelle... tutta la comitiva con gli asciugamani in testa... sembravamo fachiri... ma il brutto fu quando tornammo a casa bagnate fradice... per tre giorni il mare lo vedemmo solo in cartolina...*

L'ospedale si ergeva su un colle. Un tempio moderno, maestoso, che dominava la pacifica cittadina così come il Partenone sovrasta la capitale ellenica.

Il Pronto Soccorso era al piano terra dell'edificio principale. La vetrata si schiuse come per magia davanti alle donne, che subito scorsero un plotone di medici e d'infermieri, odorosi di laboratorio, schierato come una milizia.

I camici bianchi – ciascuno con la targhetta recante il nome e la qualifica – le circondarono, simili alla corte di camerieri, maître, sommelier dei ristoranti di lusso che si affollano attorno agli avventori appena questi incautamente mettono piede nel locale.

"La mia amica si è sentita male – annunciò Magda, tutta preoccupata – è quasi svenuta...".

"Solo un capogiro, qualche istante di vertigine..." ridimensionò Elvira, indirizzandole un'occhiata di fuoco, e già, silenziosamente, scivolava verso di lei una barella sulla quale fu invitata a stendersi. All'altra signora fu chiesto di accomodarsi in sala d'attesa.

"Tienimi la borsa" disse la recalcitrante alla premurosa accompagnatrice, e si consegnò. Fu condotta nell'ambulatorio, dove erano ordinatamente parcheggiate decine di lettighe pronte ad accogliere i pazienti di passaggio.

Dapprima sdraiata supina, poi seduta un po' piegata in avanti, Elvira fu visitata con estrema meticolosità. Le fu chiesto di trarre profondi respiri, e di tossire, mentre le auscultavano cuore e polmoni.

Dita leggere e sicure le tastarono il collo, in più punti.

Poi toccò all'addome, palpato a fondo, in lungo e in largo.

Senza preavviso, uno dei dottori le sollevò la gamba destra puntandola in alto, verso un punto indefinito. Fece lo stesso con la sinistra, poi le ordinò di ripetere il movimento, alternando gli arti.

La donna, che da quando era nata non era mai stata visitata così, ogni tanto obiettava debolmente: "Si è trattato solo di un giramento di testa. Ora mi sento bene, benissimo".

Le sue rimostranze non riuscivano, però, a spegnere l'entusiasmo dei camici bianchi che continuavano ad accalcarsi, a premere, a spingere, a tirare, cercando chi sa che cosa. Non sentì neppure l'ago della siringa, che le prelevò un campione di sangue.

Quando tutto il campo fu rastrellato e arato, vi fu una specie di ripasso generale, ancor più scrupoloso del primo esame, caso mai fosse stata trascurata qualche cellula. E intanto le chiedevano se era nata a termine della gravidanza, cosa avesse mangiato nell'ultimo pasto, indagavano sulla regolarità del suo alvo, cercavano di scoprire eventuali allergie al polline tra i progenitori, insomma non si davano per vinti.

Alla fine dello scandaglio fisico e del terzo grado cognitivo, quello che sembrava il capo dell'équipe sentenziò con voce piatta : "Bene, bene. È stato evidentemente un episodio d'ipotensione... oppure... un disturbo neurovegetativo, del *vago* per intenderci".

Elvira si allarmò, da sempre convinta che dietro la parola *vago* si nascondesse tutta l'ignoranza della classe medica.

"Nulla di grave, comunque – continuò il dottore – entro pochi minuti avremo i risultati delle analisi...".

S'interruppe di botto.

Scortato da uno stuolo di giovani assistenti, stava entrando nella sala un medico alto e magro, eretto come un'aquila, capelli candidi, occhiali senza montatura. Perfino le piramidi si sarebbero inchinate davanti a lui, tale era il rispetto che suscitava. Doveva essere il Primario.

Tutti i presenti – eccetto Elvira – scattarono sull'attenti.

L'uomo, che sembrava avere un altissimo concetto di sé, fece una mezza piroetta, mimò un inutile baciamano e chiese alla paziente, con tono raffinato: "Come si sente, signora? Sono stato informato del suo arrivo".

"Informato del mio arrivo?". In un lampo, le fu tutto chiaro: ecco il perché dell'ammucchiata bianca attorno al suo corpo. Era stata confusa con un'altra persona! Un'esperienza del genere l'aveva vissuta l'anno prima nella sua città. E ne sorrideva ancora. Era accaduto nel reparto abbigliamento di un grande magazzino, dove di norma vige il fai da te: il cliente sceglie, prova il capo nei camerini – in genere spazi assai ristretti dove a fatica ci si può rigirare – e se vuole misurare un'altra taglia è costretto a rivestirsi per andare a procurarsela, dato che il personale è sempre affaccendato dalla parte opposta del piano.

Quella volta uno sciame di commesse sorridenti l'aveva accudita negli acquisti più ossequiosamente delle venditrici a provvigione che circondano Pretty Woman durante il suo shopping spudorato. Al momento di pagare, poi, c'era stato un problema con la carta di credito, e il coro cinguettante l'aveva rassicurata di non preoccuparsi...

"Rassomiglio forse a una donna famosa, importante?" aveva chiesto al marito, un po' lusingata da quell'inspiegabile deferenza.

"Hai l'aria di una persona ricca, ecco tutto" era stato il commento di lui, impagabile nello smontare illusioni e trarre conseguenze.

"Mi sembra una stupidaggine" aveva tagliato corto lei.

Decise di stare al gioco con lo spedalingo, senza chiarire l'equivoco, perché di equivoco doveva trattarsi.

"La ringrazio, professore, ma non era il caso che lei s'incomodasse. Mi sento veramente bene".

Il medico tossì leggermente per schiarirsi la voce, si aggiustò gli occhiali e affermò oracolante: "Le sue analisi sono perfette. Tuttavia, prima di rimandarla a casa più sana e più felice (!) occorre qualche altra indagine. Sa, è il protocollo".

Il protocollo! Elvira sapeva che, di fronte a questa parola, non c'è argomento che tenga.

Disse solo: "Francamente, non ne vedo la necessità".

Il Primario non la ascoltò neppure. Girò nuovamente su se stesso e concluse con aria benedicente: "L'affido ai miei collaboratori. E... mi saluti la sua incantevole città. Che cielo! che sole! che mare!".

S'allontanò fino a sparire in una nuvola di sufficienza.

"Allora?" chiese affettuosamente Magda fuori dell'ambulatorio.

"Non ho niente. Mi stanno rimaneggiando come una ricotta. Secondo me, esagerano. Loro dicono che è la procedura".

"E non sei contenta? È tutto gratis! Tu non sei abituata all'efficienza, alla professionalità di queste parti, perciò ti sorprendi".

"Già... dalle mie parti, invece – replicò sarcastica Elvira –, andiamo ancora dallo stregone...". E fissò l'amica d'infanzia, considerando che era da troppo tempo in esilio.

Un dottore sollecitò la signora a seguirlo, per recarsi, in ambulanza, al reparto di Cardiologia.

"Posso andarci benissimo con le mie gambe". Il tono di Elvira questa volta era palesemente infastidito.

"Non è possibile. Il regolamento prevede che il trasferimento dei pazienti da un padiglione all'altro avvenga sempre e soltanto con le nostre ambulanze climatizzate".

"Non sono un'invalida!".

Se mi fa i capricci, sarò costretto a chiamare il Professore".

"Andiamo!" mormorò la donna, con un sospiro di rassegnazione.

Anche il cardiologo aveva l'aspetto di uno specialista d'alto livello ma, a differenza del Primario, non ostentava modi affettati. Un tipo smilzo e simpatico che dopo l'elettrocardiogramma di base la persuase a sottoporsi alla prova sotto sforzo. Le fece l'occhietto indicando una cyclette nuova di zecca: "La sta aspettando".

"Trovandomi, certo..." convenne Elvira. Iniziò a pedalare con l'alacrità di un criceto e intanto sentiva montarle dentro una collera fredda, sempre più potente.

Come Dio volle, anche l'esame a tappeto della pompa vitale ebbe fine. Il dottore visionava i tracciati in silenzio mentre l'infermiere la sbrigliava da quella specie di sedia elettrica. L'ultimo elettrodo fu staccato e il camice bianco ancora restava taciturno.

"Lei ha un cuore palpitante" esclamò finalmente il medico.

"Palpitante?".

"Sì, come dire, galoppante".

"Galoppante? Vuol dire che batte troppo in fretta?".

"Che si sente, ecco".

"Non dovrebbe sentirsi?".

"Sì certo. Marcia alla grande voglio dire. Lei sta benone".

"Forse uscirò dall'ospedale..." sperò Elvira.

"Ah ah ah!" Il viso del cardiologo improvvisamente si rabbuiò.

"Leggo dalla sua cartella che mi fuma ogni giorno dieci sigarette. A questo punto, le ordino – badi bene: è un ordine, non un consiglio – la radiografia del torace".

"Ma se non ho neppure la tosse!". Inutile protesta.

La fredda macchina dei raggi X scorreva su e giù lentamente dalle spalle ai fianchi nudi di Elvira. Tuttavia i dottori ritennero che soltanto la Tac avrebbe fornito immagini più dettagliate e allora il corpo intero le fu scansionato a dovere.

Lei non ebbe la forza di opporsi, immobile sul lettino che avanzava a piccoli intervalli verso lo scanner, gli occhi chiusi, rossa come un cocomero.

Scivolò per qualche istante in un dormiveglia gravido di allucinazioni: una dozzina di Frankenstein chini su di lei prelevavano, con aghi da calza, i suoi organi, li soppesavano e li quotavano, con pareri diversi, *questo rene per me vale trentamila euro... diecimila per le cornee... il fegato è inservibile...* la visione orrenda *dei sacchetti di plastica trasparenti, che contenevano i pezzi di ricambio, in viaggio verso le banche clandestine d'organi...*

Ebbe la sensazione di cadere dal lettino-sarcofago.

Le raccapriccianti allucinazioni l'avevano gelata dai capelli alle piante dei piedi. Non poteva essere. Però era terrorizzata: doveva parlare al più presto con Magda. E soprattutto agire.

Non aveva visto altri ammalati, neppure uno, neanche durante i passaggi, nel cellulare, da un edificio all'altro. Il nosocomio pullulava di camici bianchi, ma i pazienti dov'erano?

Nella sua città i degenti affollavano le corsie, gli ambulatori, i corridoi, gli ascensori degli ospedali. Sostavano sulle scale.

Si affacciavano alle finestre per salutare i parenti.

Si scambiavano visite. Raccontavano barzellette.

Malati sì, ma vivi! Visibili.

Il radiologo scrutava le lastre che svelavano, in tutte le dimensioni, il corpo sano di Elvira.

Parlò con tono paterno: "Problemi non ve ne sono... fortunatamente... per adesso. Bisogna, però, dare un taglio alle dieci sigarette quotidiane. Prevenire è meglio che curare, non le pare?".

Lei fraintese le ultime parole ritenendo che fossero una specie di congedo e stava per accomiatarsi, ma si sbagliava.

"A proposito di prevenzione, sa che quest'ospedale è anche centro d'eccellenza per le diagnosi precoci dell'apparato genitale?".

"Ho fatto un mese fa il pap test e la mammografia".

"Non basta! Non basta! E la colposcopia? L'isteroscopia?".

Il medico non si fermava più.

"È un incubo. Potrei sferrargli un calcio per provare a svegliarmi. Ma se faccio una scenata, mi ritrovo dritto sul lettino dello psichiatra. Meglio accondiscendere ed escogitare qualcosa...".

"Gravidanze? Aborti? Che metodo contraccettivo usa, signora?

Il ginecologo voleva sapere tutto, anche il più insignificante dettaglio delle vicende occorse al suo apparato genitale.

Rispondeva con finta calma: la mente rivolta a trovare una via di fuga.

Aveva notato che l'ambulanza percorreva sempre lo stesso vialone alberato, svoltando a destra o a sinistra a secondo della destinazione. Il mezzo rallentava in prossimità della terza fila di edifici, a causa di un avvallamento del suolo. Era lì che bisognava tentare...

Quando anche l'odissea teorica e pratica della regione ancestrale finì, lo specialista tentò la battuta : "La prima culla è a posto!".

Elvira non capì subito. "La prima culla? Ma sì, certo. Complimenti per la metafora, dottore, è molto appropriata. Lei è un poeta".

"Dice? Effettivamente, da giovane mi piaceva comporre versi. Poi, sa, i casi della vita ed eccomi qua a fare il ginecologo".

"Già, i casi della vita..." ripeté la donna, abbassando lo sguardo sulla scrivania.

Rialzò la testa e incrociò lo sguardo del poeta. L'immagine della prima culla, sospesa fra loro a mezz'aria...

Elvira era miope: la visita dell'oftalmologo si rese indispensabile.

"Riesce a leggere l'elenco telefonico senza occhiali?" le chiese un ometto quattrocchi, magro come uno stecco, coi capelli che gli ricadevano sopra gli orecchi.

"Ho dodici paia di occhiali e due di lenti a contatto ... porto sempre gli occhiali anche quando non è necessario... perché senza non sento ..." specificò subito lei.

"????".

"Quando sono al telefono, per esempio, se non ho gli occhiali non riesco a sentire chi sta dall'altra parte...".

Voleva essere sfottente, Elvira, ma fu un boomerang: il quattrocchi la spedì subito dal collega otorino.

Nel passaggio da un ambulatorio all'altro scorgeva Magda nell'ingresso, compostamente seduta, così come l'aveva lasciata, immune dalla deriva clinica.

Cercava di attirarne l'attenzione, ma era passato troppo tempo dall'ultima volta che avevano giocato ai mimi e non riuscivano a intendersi.

Magda equivocò lo sbracciarsi di Elvira di là della vetrata e le fece avere la borsa tramite un inserviente. In un altro ambiguo incrociarsi, sorridendo senza capire, le indicò la toelette.

Quando fu trasferita al reparto di Dietologia, perché leggermente in sovrappeso, ebbe un'illuminazione. E giocò sporco.

"Anche alla mia amica, la signora che mi ha accompagnato, farebbe piacere una dieta personalizzata." In un lampo Magda fu prelevata dalla sala d'aspetto e le due donne si ritrovarono di nuovo insieme.

Una flottiglia di dietologi e nutrizionisti, attraverso algoritmi e abracadabra, determinò la composizione corporea di entrambe. Mentre il dietista elaborava al computer la dieta che, in una settimana, le avrebbe trasformate in silfidi, Elvira sussurrò a Magda: " Dobbiamo fuggire... ti spiegherò poi...". L'amica annuì.

L'ambulanza diretta alla Dermatologia imboccò lo stradone deserto.

"Tieniti pronta al mio segnale".

Quando il veicolo rallentò, ci fu solo uno sguardo d'intesa tra le passeggere. Con un movimento sincrono spalancarono il portellone, che per fortuna non era chiuso a chiave, un balzo e furono giù.

Passarono attraverso il reticolato, aprendo un varco nella rete e iniziarono a correre a perdifiato.

Né i camici bianchi né i cani le inseguirono.

A debita distanza di sicurezza, si fermarono per riposare un poco.

"Tutto questo trambusto mi ha scatenato un terribile mal di testa" disse Magda.

"Vuoi che ti accompagni all'ospedale?" si offrì Elvira.

Scoppiarono a ridere e – con ritrovata complicità – presero a correre verso la città, distesa come un lenzuolo spiegazzato, sulle pendici estreme dei Monti Berici.

Vanni

Cosa c'è di più idiota della guerra?

Cosa c'è di più idiota di un uomo che spara a un altro uomo?

Era una di quelle mattine in cui la primavera avanza impaziente: mattine già tutte azzurre e tutto sole. Vanni, un giovanotto bello nell'aspetto e nei modi, si stava vestendo con calma, con ricercatezza, come fa chi sta per recarsi dall'innamorata e vuole apparire il più possibile piacente agli occhi di lei.

Invece andava a consegnarsi ai tedeschi.

Infilò la camicia della domenica, quella a quadrettini blu e rossi, nei pantaloni di flanella divenuti troppo larghi e per reggerli dovette affibbiare due punti in più la vecchia cinta sdrucita del padre. Lustrò con la tenacia di un tagliaboschi gli stivali dalla suola consumata, sostituì ai lacci sfilacciati due pezzi di spago resistente e li calzò. Indossò la giacca di velluto a coste larghe che aveva le patte sulle tasche.

Il corpo giovane rivelava tutta la vigoria dei suoi anni, ma sul volto erano evidenti i segni della vita di privazioni in cui annaspava insieme alla mamma e alle sorelle. Era l'unico uomo della famiglia Vanni, e non poteva difendere le sue donne dalle angherie dei tedeschi né portare a casa una pagnotta. E di questa situazione si sentiva assurdamente responsabile. Costretto, a vent'anni, a rimanere nascosto in cantina, tra i sacchi di patate, col fiato sospeso a ogni suono estraneo.

Rintanato come un topo.

Per tutta la notte la mamma e le sorelle, tra lacrime sommesse, avevano tentato di convincerlo a rinunciare a quell'intenzione sconsiderata.

Inutilmente. Fu una brutta notte.

"Prima o poi sarò stanato e allora sapete, vero, cosa potrebbe accadermi? – con voce affettuosa ma ferma aveva motivato la sua decisione – ricordate Toni, il figlio del compare? Appollaiato per ventiquattro ore sull'albero... appena, sentendosi al sicuro, discese... kaput, fucilato sul posto... povero Toni! Se mi scoprono per me sarà finita. Credetemi è meglio che mi rechi al Comando con i miei piedi. La cosa peggiore che potrà capitarmi sarà la deportazione, per qualche anno, in un campo di lavoro. Il nemico stimerà il mio gesto".

"Il nemico stimerà il mio gesto..." la madre, voce da dissotterrata e occhi chiusi, gli fece eco. Era invecchiata di un secolo nel momento in cui il figlio aveva comunicato la sua scelta. Lei conosceva bene quel "nemico" e conosceva pure l'"amico" del nemico, ancora più infame perché spalleggiava l'invasore: gli squadristi dalla triste divisa, armati di manganello, che per intimidire o punire costringevano a ingerire la "purga del sovversivo".

Si era trovata nella farmacia comunale proprio quando la Milizia aveva sparato al petto dello speziale colpevole di essersi rifiutato di somministrare un'abbondante dose di olio di ricino a una donna incinta. Nella nobiltà di questo nemico confidava ora la sua creatura...

Vanni si sistemò il berretto con entrambe le mani.

Nella cucina dalle vecchie pareti affumicate e il focolare spento, lo aspettavano le donne. Lui sorrise per rassicurarle e fu peggio perché quelle gli lessero sul viso la stessa espressione di beata ingenuità che aveva il giorno della prima comunione. La madre sedeva accanto al tavolo, muta, la faccia bianca come il gesso.

Per consolarla, Palmina, la figlia minore, gemella di Vanni, le cingeva il collo con le braccia.

Simile a lui nell'aspetto mite: i tratti regolari, la bocca allegra, gli occhi e i capelli color delle castagne mature, la ragazza, anche in virtù del legame speciale di fratellanza, era dalla parte di Vanni in ogni circostanza. Erano stati bambini insieme e lei aveva partecipato alle sue monellerie di maschio. Naturalmente, gli teneva bordone anche in questa situazione anche se non lo avrebbe mai ammesso.

In piedi, Bruna, la secondogenita, la sorella di mezzo, il viso rotondo sul quale gli occhi scintillavano come due gemme nere, di modesta altezza, fisicamente uguale al papà che, dieci anni prima, si era accasciato all'improvviso senza avere neppure il tempo di provare angoscia nel lasciare indifesi in quei giorni sciagurati la moglie, le bambine e il *cucciolo*. Sempre solidale Bruna con la sorella maggiore.

Maria, la primogenita, in silenzio guardava oltre gli scuri socchiusi come a spiare l'arrivo di qualcuno.

I quindici anni di differenza che intercorrevano tra lei e il fratello le conferivano il ruolo di vice madre. Ancora gli tagliava i capelli. L'aveva tenuto sulle ginocchia, gli aveva cantato la ninnananna per addormentarlo quando era piccolo. Ed era stata l'unica ad alzare le mani su di lui. Quella volta Vanni – aveva dodici anni – era andato a raccogliere la legna, e poi, insieme ad altri ragazzini, aveva costruito con i rami una pira sul retro della casa. Un fiammifero e il falò divampò. Maria stava pettinando Palmina vicino alla finestra quando, oltre le trecce della sorella, vide levarsi all'orizzonte un esile filo di fumo grigio mentre l'odore acre di bruciato si diffondeva nell'aria.

Prontamente le donne spensero le fiamme, mentre il piccolo incendiario si diede alla fuga. Si rifugiò in parrocchia all'interno di un confessionale confidando che la sacralità del luogo lo esentasse dalle sculacciate di Maria che di tutto il gineceo era quella che temeva di più. Lei invece lo cercò per prima cosa in chiesa e, quando l'ebbe trovato, gliele diede di santa ragione sul posto senza curarsi di turbare l'armonia dell'ambiente. Lo ricondusse a casa tenendolo stretto con un braccio. "Se ci fosse stato il babbo, certo avrebbe saputo come tirarlo su" considerò in quei momenti e la stessa cosa pensava ora scrutando nel nulla.

Maria, bella e altera, scarsa di tatto e ricca di un immenso talento per il canto. In tempi normali, senza l'incubo degli allarmi notturni, senza la borsanera, senza quella miseria implacabile, avrebbe coltivato la sua vocazione e forse sarebbe divenuta una cantante lirica, le ripeteva don Pietro, il parroco, quando sentiva la sua voce da mezzosoprano riecheggiare durante la messa.

"Per noi, Vanni, devi toglierti dalla testa quest'idea!". L'estrema supplica della madre spezzò il silenzio della stanza, come un colpo d'accetta spacca un ciocco di legno. Il giovane s'inginocchiò tale e quale a un devoto che si genuflette dinanzi a una sacra immagine.

"Tranquilla, mamma, questa guerra bastarda sta per finire e presto torneremo a casa, tutti liberi".

Si rialzò, le abbracciò in fretta. Nessuna spiccicò più parola.

"Ci rivedremo presto". E uscì.

All'aperto, ora che non doveva più sostenere gli sguardi d'amore e di rimprovero delle donne, si sentì sollevato, leggero. No, non si riteneva un irresponsabile Vanni, né tantomeno un eroe, credeva fermamente di aver preso la decisione migliore.

Non era stato suo padre a insegnargli che qualsiasi situazione, anche la più pericolosa, deve essere fronteggiata ad ogni costo?

Quella mattina di marzo sarebbe stata bella, se non ci fossero stati i tedeschi.

L'odore della terra umida, la luce, lo spazio lo inebriavano. In cantina aveva sofferto in modo intollerabile la sete d'aria e la fame del tempo che passava a sua insaputa. Aveva percepito se stesso già morto.

Costeggiava, a lunghi passi, il ruscello dal quale si sprigionava una frescura frizzante. In prossimità del ponte, incassato tra due muriccioli, dove da bambino lanciava i sassi nell'acqua, si accorse di essere seguito.

"Maria, che fai qui? Tornatene a casa!".

"È forse proibito fare la tua stessa strada?".

"Se pensi di farmi cambiare idea, Maria, perdi solo tempo".

"Non dirò nulla, però, se devi andare a morire è bene che ti accompagni qualcuno della famiglia".

Tutti e due, ostinatamente, ripresero il cammino: Vanni avanti e la sorella pochi passi dietro di lui.

Una costruzione bassa, scalcinata come le altre: la vecchia canonica, e le donne che vanno a raccomandare al Padreterno i loro uomini nascosti nelle soffitte, acquattati nei pagliai.

Don Pietro non crede ai propri occhi, scorgendo Vanni che procede risolutamente lungo la via.

"Benedetto figlio, dove vai? – gli grida, facendosi il segno della croce – ci sono rastrellamenti in zona. È pieno di tedeschi qui".

Il giovane, senza fermarsi, si scoprì il capo e salutò allegramente agitando il berretto.

Il prete iniziò a recitare il Padrenostro e, tremando come il batacchio di una campana, rientrò nella sua isola protetta.

Vanni quel giorno si sentiva mosso da un'energia misteriosa, camminava con passo accelerato mentre l'ombra, immersa nel dolore, faticava a stargli dietro.

Una fontana, un gruppo di donne e bambini intenti a riempire recipienti con quel filo stitico d'acqua, e la morte che poteva cadere all'improvviso dall'alto. Un vecchio che spingeva una carriola colma di letame, il volto alterato dalla fame e dalla rassegnazione. La polvere densa che accecava.

Il mondo mostrava i segni della guerra.

Vanni e la sua ombra camminavano in silenzio, tra i sassi e le buche della strada sterrata. Le case di campagna cominciarono a diradare, erano ormai fuori dal paese. Dopo un'ora e mezzo di cammino si trovavano alla periferia della città.

Brillavano a tratti le rotaie della ferrovia là dove l'erba non aveva ancora rivestito il ferro, i binari inutili parallele che non conducevano ormai da nessuna parte, perché la linea era stata deviata, la circolazione paralizzata.

Sopravviveva soltanto una rimessa per vecchie locomotive a testimoniare che un tempo in quel posto c'era stato uno scalo ferroviario dove passavano i treni, e sui treni c'erano persone che si spostavano da un luogo all'altro, e ad ammonire che la vera tragedia è la divisione degli uomini condannati all'isolamento dall'assenza di comunicazione.

All'ultima svolta, appena sulla *via nova*, nello strano silenzio che sempre li accompagnava, una pattuglia di soldati tedeschi. Il passo marziale, le giubbe luccicanti, i calzoni attillati che finivano negli stivali, l'andatura autoritaria. Dritti come punti esclamativi. Andavano progettando chissà quale rappresaglia.

La fulminea apparizione del nemico, il suo materializzarsi dal nulla impietrì Vanni e Maria. Era già di primavera quel giorno, ma l'aria divenne improvvisamente gelida, la milizia passò in una folata di funerale senza accorgersi dei due giovani: la mano bizzarra del destino aveva deciso così.

"Un miracolo! È stato un miracolo che non ci abbiano visto. Torniamo a casa!" implorò inutilmente Maria.

Ma Vanni non credeva ai miracoli perché riprese il cammino dicendo: "Ancora un po' e sarò a destinazione" come se dicesse "Ancora un po' e sarò salvo".

A mano a mano che si avvicinavano alla città, lo scenario di distruzione diveniva più drammatico: macerie fumanti, carcasse d'automobili ai bordi della strada, negozi con saracinesche abbassate, imposte sbarrate, cani che guaivano alla ricerca del cibo scuotendo i nervi di chi li sentiva.

Avevano la gola arsa i due fratelli, erano ore che masticavano polvere e terriccio. Bussarono alla porta di una casa per chiedere un po' d'acqua.

Una ragazzina, quasi una bambina, lo sguardo smarrito, schiuse l'uscio e li fece entrare in una stanza lunga e spoglia. Su una parete spiccava una chiazza di umido. Nella scarsa luce presero forma tre giovani donne, pallide e rattristate, che sembravano in attesa di qualcuno.

"In nome di Dio, che vi succede?" chiese Vanni.

Con pudore raccontarono che la sera precedente una pattuglia tedesca si era introdotta prepotentemente in casa loro. No, nessuna violenza fisica, i soldati erano ubriachi, e volevano soltanto spaventarle.

Avevano schiamazzato nella loro lingua, devastato il piccolo orto, mostrato le armi, imbrattato i muri e, a corollario della loro baldanza, uno di quei bravacci si era divertito a spaccare, con il calcio della pistola, la lampadina che penzolava dal soffitto. Poi, tra oscenità e risate sguaiate, se ne erano andati lasciando la casa nel buio più assoluto.

Di buon mattino, continuarono le donne, la mamma si era recata al Comando a protestare, ma erano già passate diverse ore e non aveva fatto ancora ritorno e loro temevano il peggio. A questo punto la ragazzina che aveva aperto la porta si mise a singhiozzare forte dicendo che la mamma non sarebbe più tornata.

Vanni guardò quelle creature spaurite, indifese, guardò Maria, con la quale non era mai andato molto d'accordo...

Cosa c'è di più idiota della guerra?

Cosa c'è di più idiota di un uomo che, forte della divisa che indossa, entra in una casa e si comporta in modo indegno?

"Calmatevi, vostra madre sarà a casa presto – le rassicurò – e poi non vi serve più la corrente elettrica, le giornate si stanno allungando e il sole resta all'orizzonte fino a tarda sera".

Si avviò alla porta, l'espressione mutata, lo sguardo lucente. La sorella dietro di lui.

All'esterno mosse qualche passo e, senza voltarsi, mormorò: "Torniamo indietro. Non per la *via nova*, perché è troppo trafficata da quei galantuomini. Prenderemo la strada del vecchio mulino, attraverso il bosco, è più sicura, e in caso di brutti incontri permette di nasconderci meglio".

L'ombra lo affianca, piangendo silenziosamente.

Carretera

Le coste erano nere, il cielo rosso.

La donna capì che era arrivata a destinazione: chiamò l'hostess e chiese di scendere.

"Mi dispiace signora, non è possibile". Il diniego fu tanto gentile quanto fermo.

"Stiamo o no sorvolando il Sudamerica?".

"Sì, ma il prossimo scalo è previsto tra due ore".

"Devo scendere subito, non posso aspettare" incalzò la passeggera.

L'hostess chiamò rinforzi.

Accorse un giovane assistente di volo, sorriso caldo da *conquistador*, e spiegò che il jet non era un tram, i viaggiatori non potevano chiedere di scendere dove volevano.

"Lei crede che sia molto difficile atterrare adesso?".

Lo steward realizzò di trovarsi di fronte a una che non avrebbe facilmente abbassato la cresta e, armatosi di buona volontà, proseguì: "... poi c'è la faccenda bagagli, nella stiva sono stipati oltre mille colli tra valigie e borsoni".

"Ecco il mio bagaglio" tagliò corto lei.

Uno zainetto di tela verde, gonfio di parole, fu issato come un vessillo.

Il *conquistador* scosse la testa.

Andarono tutti nella cabina di comando.

Senza ripetere la richiesta, la passeggera disse che si sarebbe paracadutata se l'apparecchio non si fosse posato al suolo entro dieci minuti.

Il comandante non tentò neppure di negoziare: dispose subito per l'atterraggio.

Appena il portellone si richiuse alle spalle, la donna si chinò e baciò la terra dorata.

"Ha parenti in Sudamerica?".

All'Ufficio Stranieri facevano a tutti la stessa domanda.

"Sì, mia cugina Isabel e mio zio. Zio Gabriel. I nomi le affiorarono alle labbra spontaneamente, come l'Avemaria. Non ricordava neppure se fossero vivi o morti.

"*Muy bien*".

L'impiegato, senza interrompere la siesta, appose il visto d'ingresso.

Il colore degli occhi e dei capelli della straniera rimandava ai grattacieli, ma gli occhiali da sole nascondevano uno sguardo antico e tormentoso.

Si avviò con passo elastico per la *carretera* che scintillava sotto il sole. L'avrebbe portata ovunque volesse andare nel Sud della Terra, dove la clessidra della vita scorre al contrario.

Si sentì chiamare.

"Juanita! Juanita!".

Seguì la voce e incrociò un fiero sguardo indio: a pochi metri, un giovane di pelle scura, ben piantato, capelli lisci e neri, la chiamava, riconoscendola.

Aveva un taglio sotto il sopracciglio destro.

Le veniva incontro, offrendole foglie di coca.

"*Bienvenida* Juanita!".

Senza porsi domande inutili, masticando la pianta sacra degli dei, s'incamminarono seguendo il volo di un condor.

Per un tempo indefinito andarono, comunicando in una lingua segreta, sconosciuta a tutto il resto del mondo.

Nella Pampa incrociarono greggi d'alpaca, penetrarono canyon che spaccavano la crosta terrestre, scalarono pendici di vulcani dalle cime innevate, scivolarono sulle dune di sabbia, s'immersero nella foresta nebulare: la donna aveva la sensazione di aver vissuto in quelle terre estreme o, forse, le aveva soltanto sognate.

Scoprirono farfalle di colore blu elettrico.

In silenzio lungo le sponde del fiume, avvistarono i tucani.

Spiarono i leoni marini che si distendevano svogliati sulle scogliere verdi e viscide.

L'indio sapeva tutti i segreti di quella terra, ne percepiva il battito. Insegnò alla forestiera a distinguere il caratteristico ronzio del colibrì e lei rimase affascinata da quei minuscoli uccelli, coloratissimi, stravaganti, che non volano in linea retta, ma volteggiano tracciando bizzarre figure. Eseguono giravolte che hanno la forma di magnifici otto, persino riescono a svolazzare all'indietro e sono così tenaci da attraversare l'oceano da una parte all'altra senza alcuna sosta.

Colibrì fu il nome che diede al misterioso compagno di viaggio.

Lungo il cammino il giovane raccoglieva cespi d'erbe selvatiche, foglie, gemme, semi. Sradicava delicatamente radici, staccava pezzi di corteccia: senza offendere la natura, al contrario, accarezzandola. Praticava due profonde incisioni ad anello attorno a un ramo, poi le univa con un'altra nel senso della lunghezza e insinuava la punta del coltello sino a ottenerne il distacco.

Conosceva le proprietà d'ogni pianta.

La sera, quando si fermavano, sminuzzava, mescolava, e preparava infusi. Lei che fino allora aveva bevuto solo caffè, e succo di mirtilli quando si metteva a dieta – uniche bacche che conosceva – portava alle labbra con diffidenza gli intrugli che l'indio le offriva.

Un giorno, sulla rotabile, l'autista di un furgoncino sgangherato – un creolo con un cappello da *vaquero* e la faccia da bandito – offrì loro un passaggio. Sulle fiancate del mezzo c'era scritto: *Transporto de objetos milagrosos*. Con un balzo saltarono su e si trovarono in mezzo a una montagna di scatole di cartone di varia grandezza malamente impilate.

La radio trasmetteva musica a tutto volume.

La donna – urlando per farsi sentire – chiese cosa contenessero le cassette.

"Reliquie, sacre reliquie" rispose Colibrì. Stavano viaggiando insieme a polvere d'ossa, ciocche di capelli, fasce, piume, spine, metacarpi, brandelli di tonaca.

Il reliquario veniva trasferito di volta in volta là dove era richiesto secondo necessità: nelle zone sulle quali si era abbattuta una calamità naturale, oppure dove era scoppiato un tumulto, perché i locali potessero toccare e baciare i prodigiosi cimeli e più efficacemente propiziarsi l'intervento divino.

Il conducente cantava, fischiava, di tanto in tanto lasciava il volante e agitava le mani, scuotendo invisibili *maracas*.

"Come si fa a credere che questo ciarpame possa influire sugli eventi? Sono straordinariamente superstiziosi perché ignoranti" considerò tra sé e sé la straniera, e i suoi occhi sprizzavano fiamme.

Le reliquie ondeggiavano come ballerini, tutto andava a tempo di bolero in quella strana macchina, fuorché lei.

"Nessuno mi crederà, quando lo racconterò!" sospirò, guardando di là del finestrino la *carretera* che si snodava come un nastro d'acciaio diventando sull'orizzonte un unico punto nero.

Dopo aver battuto per diverse miglia mulattiere sassose e camminamenti dissestati, arrivarono, una sera, alle antiche miniere di sale. Si accamparono sulla terra secca.

L'indio aveva spigolato durante il giorno fogliame pennato, fiori a calice, semi piumosi. Alcune erbe le aveva raccolte unicamente con la mano sinistra. Misturò con la solita persistenza il raccolto nella scodella. Il risultato fu un beverone amarognolo che la donna, sempre con scettica compiacenza, buttò giù – questa volta tutto d'un fiato – perdendosi subito nell'oblio del sonno. Si svegliò dopo pochi minuti o un secolo, chissà, e si accorse che Colibrì era sollevato a diversi palmi dal suolo in posizione orizzontale.

Sospeso in aria, come un aereo a bassa quota, l'espressione estatica, abbandonato a un sonno invulnerabile.

"Adesso vuole stupirmi con gli effetti speciali?" si chiese la straniera, allertando tutte le sue difese.

Voleva farle credere che levitava per davvero? Che era caduto in quella specie di trance sciamanica grazie al filtro magico della sera precedente? Basta, con questi trucchi da illusionista del Medioevo!

Anche lei aveva bevuto la pozione, ma era lucida, incrollabilmente ancorata al suolo. I piedi ben piantati in terra. Un monolito.

Di certo il compagno non sapeva nulla della forza di gravità e neppure dell'uso della ragione. L'indomani gliene avrebbe parlato, se fosse tornato in vita.

La mattina notò che il solco sotto il sopracciglio destro di Colibrì era più profondo. Non gli disse neppure una parola.

Avevano gambe da missionario i due viandanti, estremità senza riposo che li condussero in un dimenticato villaggio andino, intagliato nell'altipiano bruno.

"*Madre de Dios*!" esclamò l'indio improvvisamente. Lei non capì se era un'invocazione o una bestemmia.

Era il nome di quel luogo primordiale, che si confondeva col paesaggio polveroso, dove si parlava ancora l'antico idioma *quechua*. Entrarono in una casa, un'unica stanza senza finestre, che dava sulla via sterrata, così come tutte le altre abitazioni del paese.

Agli ospiti fu subito offerta la *chicha*[1].

La famiglia era numerosa: quattro o cinque *niños* scalzi rincorrevano un porcellino d'India. La mamma – una ragazza, fresca vedova –, dalla carnagione color del rame, indossava almeno dieci gonne multicolori una sull'altra. Sulla schiena le ricadevano lunghe trecce annodate tra loro all'estremità come una collana. Una coppia di matusalemme, dai tratti un po' maya un po' indios, completava il focolare domestico.

Confezionavano bamboline di pezza che sembravano miniature della donna giovane: una stratificazione di sottane sgargianti e lo stesso intreccio dei capelli. Al centro della stanza una Singer a manovella, più vetusta della bisnonna.

I bambini smisero di giocare e scrutarono la sconosciuta nascondendosi dietro l'ammasso di stoffa della mamma. Su di un lato dello stanzone, stuoie colorate allineate formavano un unico grossolano letto, dove i sogni si fondevano. Una piccola nicchia azzurra scavata nella parete ospitava un teschio. Colibrì spiegò che era consuetudine riportarsi a casa un pezzo del proprio familiare defunto perché non fosse troppo solo al di là, ma anche per sentire ancora la sua presenza nella vita quotidiana.

C'era una mescolanza policroma di passato e presente in quel posto: voci infantili e sapienza antica si amalgamavano in una nenia così rasserenante che l'animo dell'ospite, in perenne sommossa, momentaneamente si acquietò.

Ben presto, i *niños* si convinsero dell'innocuità della donna e si avvicinarono timidamente, intanto altri bambini del villaggio entravano incuriositi dalla straniera dai capelli color della paglia. "*Vení ustedes*" lei li chiamò nello spagnolo standard del suo emisfero e il suono dovette piacere, perché non ci furono più ostacoli.

1 Bevanda dolce ottenuta dalla fermentazione del mais.

Si trovò attorniata da una tribù colorata di gnomi che, tra attacchi di riso e furtive boccacce, le toccava il viso, sfiorava la macchina fotografica, tastava gli scarponcini da trekking. I più piccoli le furono in braccio e il porcellino d'India, all'apice della felicità, salterellava come un cavallo pazzo.

Sentì la vita addosso e decise di fermare quel tempo. Impugnò la Nikon e mise a fuoco l'immagine.

C'è una casa, di là del Grande Mare, immersa nel traffico furioso, in cui nulla è più importante che l'apparire, dove si cammina con le pattine ai piedi sui pavimenti tirati a lucido come specchi e vi sono fiori alle finestre per far credere che vi abita una famiglia felice. Tra quelle mura vive una bambina silenziosa e sensibile, cresciuta negli agi e nell'ipocrisia, al riparo da qualsiasi emozione, da qualsiasi pericolo.

È il suo compleanno, la cucciola – che il padre chiama orgogliosamente la mia "principessina" – sta per spegnere otto candeline, gli occhi le brillano mentre scartoccia pacchetti. A un tratto, però, si rabbuia. Ha notato che tra gli invitati non c'è Tommy, l'amichetto del cuore, il ragazzino gentile che la spinge sull'altalena e che la fa ridere con i suoi buffi disegni. Non è stato invitato perché dice "mmmmmaestra" e "giogio giochiamo". E se la principessina si mettesse a parlare allo stesso modo? Meglio non farlo venire hanno deciso i genitori intransigenti. Tutto deve essere perfetto. La bambina intrappolata dai regali neppure se ne accorgerà, considerano il padre e la madre impegnati a inaridirle il cuore.

Colibrì e la forestiera ripresero il cammino, nello zaino di lei una nostalgica bambolina di pezza con cappello a bombetta.

Raggiunsero un minuscolo cimitero, avvinghiato a un villaggio poverissimo. Tanto prossimi l'uno all'altro che, il trasloco, dopo la vita terrena, aveva la lunghezza d'un passo. Colibrì raccontò che in quel camposanto era stata seppellita una giovane mamma con il suo bambino. L'avevano calata racchiusa tra quattro tavole di legno rabberciate, col figlioletto adagiato sui piedi. Una croce obliqua sulla terra aspra e amen, ciascuno tornò alla propria misera esistenza. E poi si era scatenata la furia della natura nel modo più tremendo che a memoria d'uomo si ricordasse: una colonna di polvere e detriti si sollevò dal suolo fino a incontrare le nuvole livide. Le cataratte del cielo si aprirono tra boati e lampi e per quaranta ore tonnellate d'acqua inondarono la terra. Il villaggio si trasformò in un'unica pozza fangosa.

Quando *Pachamama*[2] si quietò, la gente corse al cimitero a rassicurare i poveri morti che tutto era passato, che riprendessero il loro sonno senza sogni. Nella melma densa ciascuno riconobbe i propri cari – tanto potente è il richiamo del sangue, anche quando non ve n'è più goccia nelle vene – e con delicatezza ne ricompose le spoglie senza colore, le asciugò, le ninnò.

Dalla fanghiglia emerse la giovane donna che, insieme al figlioletto, era stata portata due giorni prima.

Stringeva la creatura tra le braccia, la mamma *maravillosa*.

Tacque Colibrì e guardò la fuggiasca raggomitolata nel *poncho*: lei distolse lo sguardo e rimase in silenzio ricordando suo padre che da vent'anni riposava sotto un marmo gelido. Non era mai andata a fargli visita.

Attraversarono minuscoli villaggi con le casupole dai tetti di paglia, dove tutti i giorni dell'anno c'era una *fiesta* popolare: riti pagani, celebrazioni religiose, ricorrenze legate al calendario agricolo si fondevano senza alcuna contraddizione e ogni passo, ogni figura, ogni invocazione esprimeva un incantesimo o una preghiera. Nelle processioni della Settimana Santa – informò l'indio – la gente sfilava con il lutto al braccio. In quelle terre dove si lottava quoti-

2 Dea della Terra, madre natura.

dianamente per la sopravvivenza, l'indifferenza era un sentimento sconosciuto: qualsiasi emozione veniva vissuta con la massima intensità.

Abituata a camminare sul solido, la straniera si trovò in difficoltà sulle traballanti isole galleggianti e, per qualche attimo, solo per qualche attimo, tentennò, allora lui le regalò una fascia variopinta – fatta a mano come le isole – che aveva tutti i colori dell'iride. Accettò, ma la ficcò subito nello zaino. Condivisero con i *campesinos* dalla pelle bruciata pane *criollo* e porzioni di riso adagiate su foglie di banana.

Alla luce del primo mattino l'Ombelico del mondo dava voce al sole.

Lo sfolgorio dei templi decorati con lamine d'oro era abbagliante. Dal profondo della terra emersero gli Incas che lavoravano la roccia come pasta di pane. Fu sinfonia di murature ciclopiche che convergevano verso l'alto con nicchie e porte trapezoidali, di pietre a spigoli vivi con lati, angoli e volumi diversi, incastonate perfettamente, dove neanche un filo d'erba si sarebbe potuto inserire, di costruzioni megalitiche con tagli a coda di rondine che intercettavano il sole, di scalinate che portavano ai confini del mondo.

Invano la forestiera faceva scorrere il dito sulla superficie dei blocchi di granito: distinguere il punto di giunzione era impossibile. "Come hanno fatto – si chiedeva – a levigare la roccia, a plasmarla nella forma voluta? Non esiste nulla di simile al mondo".

Applicò il grandangolo alla fotocamera, per esaltare la sensazione di spazio e di profondità, consapevole che l'occhio magico mai avrebbe saputo rendere la trascendenza di quei luoghi.

Regolò l'obiettivo e guardò nel mirino.

Vide le città cinerognole, prive di carattere, del suo continente civilizzato.

Torri d'acciaio sormontate da improbabili ponti che non valicavano corsi d'acqua ma megaparcheggi, autostrade-arene dove moderni gladiatori si sfidavano a chi diventasse groviglio di lamiere più attorcigliato, coste stanche, selvaggiamente sfregiate da colate di cemento: un universo scuro e soffocante dove la natura era isterilita.

Un meticciato industriale che faceva respirare piombo e zolfo e l'odore acre le arrivava alle narici come se in quel momento, in quel preciso momento, si trovasse tra i motori scoppiettanti nell'incrocio più micidiale della sua città.

Non sopportò oltre quella vista. Con uno scatto chiuse la macchina fotografica e la mise al suo posto. Colibrì intanto, protetto dalla chioma di un albero di *ceiba*, stava costruendo una cerbottana. Un lama brucava ai suoi piedi.

Nel tramonto incerto, l'aria un alito tiepido, improvvisa come un miraggio la Valle Sacra si dischiuse ai due viaggiatori: gli antichi spiriti che abitarono quel territorio soffiavano tra i rami degli alberi ricongiungendo la terra al cielo. Aleggiava una musica piana, le orchidee palpitavano, il puma e il giaguaro placidi nell'ombra.

Si fermarono "dove nasce l'arcobaleno".

Quella notte la donna sognò di trovarsi sepolta viva in una bara.

La cassa di legno, scandalosamente colorata, era su un treno azzurro che sfrecciava in un'unica direzione come la linea retta. La meridiana segnava la sua ora.

Stava per essere immolata agli dei della montagna su un altare di pietra.

"Voglio tornare indietro, volare all'indietro" inutilmente implorava dal buio del sarcofago.

Il treno, implacabile, continua la sua corsa, senza rallentare di un secondo, verso il Tempio del Sole dove avverrà la cerimonia sacrificale.

Ora la donna avanza come un fantasma, non chiede più pietà perché non riesce neppure a respirare, sente su di sé gli occhi di mille puma, di mille giaguari. Il cupo suono dei tamburi scandisce ossessivamente il cerimoniale.

Dalla folla anonima si stacca un giovane. Un taglio lungo, vivo, gli percorre la carne sotto il sopracciglio destro. Si avvicina alla vittima, le porge una ciotola che lei afferra avidamente e porta alle labbra, riconoscente.

Albeggiava quando si svegliò piangendo.

Lacrime dolci e inarrestabili, che a poco a poco smantellarono gli argini del suo cuore impermeabile. Versò allora tutte le lacrime trattenute, nascoste dietro gli occhi asciutti e i sorrisi inventati, lacrime seppellite in fondo alla memoria.

Pianse le lacrime della bambina difficile che era stata, che si cantava la ninnananna da sola nel letto bagnato, che si nascondeva dietro le porte, e quelle dell'adolescente taciturna, smarrita in pensieri labirintici.

Pianse per le delusioni, i torti, le ingiustizie subiti facendo buon viso.

Per non aver trasformato i sogni in realtà, per non aver lottato per quello in cui credeva, perché era stata immune da ogni esitazione, da ogni dubbio.

Pianse per le parole non dette, il tempo non condiviso, i sorrisi non ricambiati. Per chi se ne era andato troppo presto, e perché non era riuscita a trattenere nessuno con la forza dell'amore.

Pianse gli amori finiti, quelli desiderati o soltanto sognati. Non riusciva a frenarle quelle lacrime.

La sera innanzi l'indio aveva preparato un infuso con le erbe che gli Incas usavano per sciogliere la roccia.

Si rialzò, l'animo alleggerito, si allacciò la fusciacca multicolore alla vita e riprese il cammino sulla *carretera*.

Sopra di lei un colibrì si librava disegnando l'infinito.

Jack, l'ebreo

Il tapis roulant filava alla velocità della luce verso il centro della terra e la donna si sentiva come pietrificata sul nastro d'acciaio.

"Più veloce – supplicava bruciante di desiderio – più veloce".

Andava a stanare l'oggetto del suo amore, della sua insaziabile voglia d'orgasmo: quel giudeo di Jack, che non rispettava neppure lo Shabbat.

Impennandosi di colpo il tappeto la catapultò nella sinagoga.

Nel semibuio un groviglio di corpi intrecciati lasciava intravedere capezzoli turgidi, membri in erezione, natiche capricciose che si sollevavano e si abbassavano, schiene sudate. Gemiti, mormorii, sospiri di piacere e... l'odore di Jack, che era inconfondibile anche subito dopo la doccia.

"Jack, Jack!" invocò famelica e finalmente lo vide. Appariva e scompariva nelle fauci di una cagna in calore.

Non ebbe dubbi, venato com'era lo avrebbe riconosciuto tra centomila: sembrava scolpito con il più pregevole dei marmi di Paro.

Lo affrontò risoluta.

"Ho tutto quello che desideri" affermò.

"Davvero?". Il tono dell'uomo era beffardo. La kippah gli conferiva un'aria solenne che contrastava con la totale nudità e intanto Jack ancora gli zampillava.

"Sicuro!", rispose la donna, e sparò colpendo una due tre volte Jack che esplose come una granata, frantumandosi in mille brandelli.

Uscì dall'incubo di Sodoma e Gomorra con un grido "Jack!".

Rimase in uno stato sonnambulico per un po' di tempo tentando di ricordare dove fosse.

Mezzanotte. A dispetto il quadrante azzurro le rimandò l'ora della sua solitudine.

Odiava quell'oggetto smerigliato, occhi invisibili che la spiavano, che cronometravano le sue veglie notturne. Una volta lui aveva snocciolato il rosario d'informazioni che l'orologio elettronico poteva elaborare.

"A che serve conoscere la temperatura di Honolulu, mentre facciamo puma-puma?" aveva replicato lei.

Complicato, troppo complicato quell'uomo. Come quel marchingegno, che all'esterno appariva liscio e levigato e dentro chissà quante diavolerie lo agitavano.

L'assalirono brividi di freddo: indossava soltanto una leggera sottoveste di seta nera.

"Devo mettermi qualcosa" decise. Vinse la pigrizia, abbandonò le lenzuola solitarie e si diresse, scalza, verso la cabina-armadio.

Davanti alle ante chiuse sostò qualche attimo, con devozione, come chi sta per entrare in un santuario e sente la necessità di raccogliersi in se stesso.

Fece ruotare i battenti di legno ed entrò nel piccolo vano che, subito, s'illuminò a giorno. L'onda eccitante del profumo virile la travolse e si sentì sommergere da una nostalgia più intensa e dolorosa. Accarezzò le camicie ben stirate, i pigiami, le magliette, gli slip; si portò alle labbra le cravatte che penzolavano flosce dai loro cappi e pensò a quel traditore di Giuda, appeso all'albero d'olivo. Da una pila di maglioni ripiegati ordinatamente tirò fuori un golf di color panna, se lo strusciò tra i seni, sull'ombelico, più giù... e quasi ne morì.

Doveva uscire al più presto da quella trappola avvelenata, da quell'ambiente pregno dell'odore di Jack.

Con stizza strappò dalla gruccia una camicia di flanella morbida come l'acqua, la indossò e neppure sapeva se lo faceva per soffrire di più o per intiepidire il proprio corpo inutile.

Raggomitolata nella stoffa morbida, di nuovo a letto, nel letto di lui, s'illuse di non averlo perso per sempre, sentiva di appartenergli ancora, però non le era accanto e non gonfiava con la sua carne le lenzuola...

L'una. A Sidney mezzanotte.

"Sei ebreo?" aveva chiesto a Tommy. Era il primo incontro sessuale.

Stringeva tra le mani il sesso infuocato dell'uomo, ingrossato dalle carezze e la pelle del membro ritraendosi interamente aveva scoperto il segno dell'incisione.

Il motel, anche se funzionava prevalentemente come albergo a ore, era accogliente.

La camera spaziosa, con quelle tende a strisce bianche e blu intonate al copriletto. Attenuato dai doppi vetri, il rombo delle auto che sfrecciavano lungo la superstrada comunicava il senso di provvisorietà che sempre aleggia in certi luoghi.

"Non sono ebreo. A volte la circoncisione viene praticata per correggere una malformazione congenita" aveva spiegato lui in fretta, non voleva fermarla e interrompere la tensione erotica che si era creata.

Ma lei non aveva alcuna intenzione di smettere. Aveva detto soltanto: "Non mi era mai capitato" e si era abbassata sul membro sussurrandogli con scherzosa serietà: "Anche se non appartieni al popolo eletto, per me sarai ebreo, Jack l'ebreo".

Circonciso e battezzato.

Da allora Jack era stato fonte di straordinario piacere, perché da quell'incontro all'apparenza senza storia era nata una relazione.

Per la donna, che desiderava soltanto sedurre gli uomini che le piacevano, era stato l'avverarsi del sogno dell'amore erotico. Aveva detto addio agli occasionali sconosciuti superdotati, inesperti, maldestri e si era trasferita a casa di Tommy-Jack.

Nella convivenza dove l'erotismo correva a tutto spiano senza lasciarsi disturbare dalla quotidianità, Mathilde, vorace tiranna, aveva dato il meglio di se stessa attingendo da ogni orgasmo rinnovate energie per riaccendere il desiderio di lui.

Ma come un sovraccarico di corrente produce un black-out improvviso, così il loro rapporto saturo di sessualità era andato in tilt. Nell'uomo era subentrato il disinteresse e lei aveva iniziato a odiarlo, perché lo desiderava ancora moltissimo, però l'orgoglio della cacciatrice Diana le impediva di chiedergli: "Perché non è più come una volta? Perché? Perché?".

Continuavano a vivere sotto lo stesso tetto senza porsi domande. La creatura ardente immaginava che l'amante avesse un'altra donna, forse una di quelle lolite che la danno subito e mimano l'orgasmo. Ma se ne sarebbe stancato presto per tornare da lei perché lei non fingeva. Il suo corpo era incapace di raccontare bugie; per prima cosa offriva a Jack la bocca e poi in un crescendo di giochi erotici non gli negava nulla.

Persa nelle sue fantasie di seduzione, ora si rigirava tra le lenzuola che serbavano l'impronta delle spalle, delle cosce di lui, arrovellandosi su come riconquistarlo, a quali artifizi amatori doveva ricorrere perché la cercasse di nuovo...

Le due. Temperatura esterna dieci gradi.

Nello stesso momento, in un ristorante, a pochi isolati da casa, Tommy aveva finito di cenare da un pezzo e continuava a bere. Da solo. Non c'erano altri avventori né al suo tavolo né nel locale. Beveva lentamente e i suoi gesti avevano qualcosa di sacrale come stesse dicendo messa. Beveva come i sommelier quando degustano. Ghermiva il bicchiere ancora sulla tovaglia, lo fissava, lo soppesava, e poi lo elevava con solennità.

Pausa, e lentissimamente lo avvicinava a fior di labbra. Altra pausa, con palpebre semichiuse. Riapriva gli occhi e finalmente beveva. La sua gestualità rendeva immenso il più ordinario beverino.

Negli ultimi tempi, si sentiva felice solo davanti al bicchiere.

Non ne poteva più della femmina da mille e una notte che si era messo in casa e che non dava alcun segno di voler sloggiare nonostante ormai la ignorasse. Avevano vissuto ore di sfrenata passione, di oblio totale, che niente aveva a che vedere con l'amore ma, dopo sei mesi d'interminabili sollazzi, l'appetito sessuale gli si era esaurito. Si sentiva sfiatato. E aveva deciso: Mathilde la predatrice facesse fagotto!

Era notte fonda. Certo doveva essersi riaddormentata.

Meglio tornare subito nella propria camera, non voleva correre il rischio della flagranza nel letto che non le apparteneva più. La sua stanza ormai era quella degli ospiti, quello era il suo posto. Ospite non più desiderata. Ospite tollerata.

Ma Tommy già da tempo s'aggirava per casa. Rientrato silenziosamente, come sempre. Non faceva rumore finanche quando posava il mazzo di chiavi sulla mensola della libreria. Apparteneva a quella categoria di persone i cui gesti, i movimenti, il tono della voce non deragliano neppure nelle giornate peggiori.

Senza ostilità aperta, l'assurda convivenza continuava come una silente partita a scacchi, con tattiche e strategie diverse. Lei ancora s'illudeva di metterlo sotto scacco.

"Franerà di nuovo nel mio letto" diceva tra sé e sé piangendo con calore.

La mattina, incrociandosi negli spazi che dividevano, si scambiavano un *buongiorno* distratto da vecchi coniugi e poi ciascuno s'eclissava fino a sera.

Tommy era agente assicurativo. Un bel giovanotto, alto e bruno, dalle mani signorili, che curava molto il suo aspetto e vestiva in maniera impeccabile. L'unica cosa che non gli riusciva a tenere a bada erano i capelli, in eterno conflitto con Eolo, che glieli arruffava anche quando dimenticava di soffiare sugli altri comuni mortali.

"L'immagine è tutto" era solito considerare e aveva ragione perché nessun cliente si sarebbe mai fidato di un assicuratore trasandato e magari con le unghie sporche o peggio che avesse un'aria funebre.

Da quindici anni attraversava la città a cavallo della sua Motoguzzi per incontrare potenziali contraenti. Agli appuntamenti sciorinava tutto il campionario di calamità che incombono sull'essere umano e le percentuali di probabilità che esse si verifichino.

Quando l'interlocutore era sufficientemente spaventato, prospettava – cambiando tono – la possibilità di vivere felici e contenti senza l'incubo di un furto, di un incendio, di un fulmine e di altre inimmaginabili sciagure, stipulando semplicemente una polizza. A questo punto, con la stessa velocità di un prestigiatore che tira fuori il coniglio dal cilindro, estraeva dalla ventiquattrore marrone la polizza già compilata della "sua" Compagnia, sulla quale mancavano solo dati e firma dell'assicurato. Non schiodava fino a quando non otteneva l'autografo in calce al contratto.

Grazie alla tenacia di cui era dotato, alla fisionomia che ispirava fiducia e alle battute sagaci, il portafoglio clienti si era accresciuto al punto che da cinque anni si era messo in proprio, aprendo un'agenzia in società con Andrea, un perito assicurativo col quale condivideva anche la passione per i *rally*.

L'*Europe Assiconsul* specializzata nel Ramo Danni copriva qualunque evento nefasto, eccetto la morte, si capisce. I rapporti tra i due soci continuavano facili e gli affari andavano a gonfie vele fino a quando nella vita di Tommy entrò Mathilde, la vogliosa inappagabile.

Non erano sfuggite ad Andrea le occhiaie violacee dell'amico-partner. E sapeva della focosa convivenza.

"Bynight pesantuccio" commentava quando lo vedeva arrivare tutto fiacco.

"Sei invidioso" replicava il sopravvissuto all'ultima maratona di sesso.

"No, è che temo di perdere il mio *naviga*. Non dimenticare che mancano solo due mesi al *rally* dei Colli e siamo in ritardo su tutto".

Dopo qualche settimana, quando Tommy si presentò in ufficio sciatto come un senzatetto e con la barba di tre giorni, Andrea si preoccupò sul serio e volle sapere.

"Lord Brummel, che ti succede?" chiese, assestandogli una pacca confidenziale sulla spalla.

Tommy ammise di non farcela più con la donna lasciva che improvvidamente si era messo in casa, una donna che lo voleva senza posa, e di essere impegnato in una resistenza a oltranza. Svuotò il sacco, raccontando tutto, senza tralasciare alcun particolare, neppure Jack.

"Le serate, ormai, le passo al bar..." concluse.

I muscoli facciali di Andrea si contrassero in una specie di spasmo. Dopo qualche attimo tutto tornò a posto, anche le sopracciglia talmente folte da essere tagliate con le forbici. Riprese in mano la situazione.

"Così ci sei cascato malamente! Non ti ho insegnato nulla, dunque?". Avere due anni in più dell'amico gli faceva assumere, talvolta, un tono tra il paterno con severità e lo scherzoso-irridente del compagnone.

"Parli proprio tu che sei... sposato!" Esclamò Tommy, rimarcando l'ultima parola come un'ingiuria.

"Appunto!".

Andrea era sposato da dieci anni. Si era fatto odiare dalla moglie sin dalla prima notte di nozze, quando piantò in asso la sposina e scese nella hall dell'albergo per seguire il *rally* di Montecarlo che la televisione stava trasmettendo. Per lui il matrimonio era un vincolo astratto con molti vantaggi e qualche obbligo. Tra questi non rientrava la fedeltà. Considerava l'accasamento conveniente socialmente, utile dal punto di vista pratico, necessario in caso di rovesci di fortuna. Essendo immune dalla maledizione della gelosia e impermeabile ai brontolamenti, conduceva una vita familiare tutto sommato serena. La moglie aveva accettato col tempo la filosofia dell'uomo che aveva spinto all'altare e, considerati i racconti infelici delle amiche coniugate, riteneva *vi fosse di ben peggio* nella gamma variegata di situazioni matrimoniali.

In fin dei conti il marito non aveva eccessivi grilli per testa: assicurava a lei e all'unica figlia, concepita durante uno dei rari, rarissimi, momenti d'intimità, uno stile di vita più che dignitoso. I coniugi si vedevano pochissimo. Andrea impiegava il tempo libero in palestra o alle prove su strada, giacché il suo sogno era partecipare alla Parigi-Dakar. Nelle poche ore in cui si "costituiva" in famiglia, se ne stava incollato alla televisione a seguire le competizioni su quattro ruote o leggeva riviste dedicate ai motori.

"Senti Tommy o devo chiamarti Jack? Non so se la tua resistenza funzionerà... temo di no... ma vorrei ricordarti che è già iniziato il county-down del rally dei Colli, al quale siamo iscritti. E lì gare di resistenza ne avremo da affrontare. Sono il pilota e ho il diritto di pretendere un navigatore lucido, non stressato e senza la pancetta da nonno come quella che hai messo su grazie all'alcol, ok?".

"Non preoccuparti... ci divertiremo e ci faremo onore".

Andrea ripensò al penultimo rally, quando durante una prova speciale si erano presi a botte. Quella volta, pilota e navigatore non riuscirono a capirsi neppure su un centimetro del percorso nonostante lo avessero ispezionato più volte. Dopo una decina di fraintendimenti, al pilota furibondo era partito un colpo di una potenza tale da slogare quasi la spalla sinistra del navigatore che reagì con un pugno altrettanto rabbioso da fracassare l'interfono del compagno tatuandoglielo sulla dentatura.

Tutti avevano giurato che un equipaggio così poco affiatato non si sarebbe fatto più vedere ad alcuna gara. E invece non vi fu rottura tra i due e anche il sodalizio rallistico continuò.

Ma ora, considerate le condizioni di Tommy, rivangare quell'episodio sarebbe stato come sparare sulla Croce Rossa.

Andrea assunse un tono più conciliativo: "Gareggeremo con una vettura che ci costa seimila euro di noleggio, non con l'auto di Ridolini che abbiamo guidato finora, poi l'iscrizione, le nuove tute... insomma una bella cifra... non la vanifichiamo. A proposito, sono arrivati i caschi che avevamo ordinato, stasera andremo a provarli. E domenica prossima si va in ricognizione del percorso".

Tommy finse di mettersi sull'attenti.

"Tranquillo, signor pilota... tranquillo".

"Un taglio netto all'alcol, amico mio, e cerca di uscire dalle brame della concubina... Mathilde, vero?".

"Ce la metterò tutta".

"Voglio un buon piazzamento questa volta, senza alcuna penalizzazione" concluse Andrea: e di nuovo prevalse il fanatico che era.

Il Rally dei Colli durava due giorni. Il percorso, in parte sterrato e in parte asfaltato, si snodava per duecento chilometri tra prove speciali e tratti di trasferimento. Una contrada dove la natura era stata prodiga di alberi, uccelli, fiori, acque.

Per un lungo tratto la strada costeggiava viuzze campestri che s'inoltravano tra le piane erbose. Dopo un ampio gomito, iniziava a zigzagare come un serpentello per le pendici ondulate ricoperte dalla macchia mediterranea che all'improvviso esplodeva con cespugli di ginestre odorose e arbusti di mirto sacro. Umili campanili e ruscelli sassosi comunicavano familiarmente e, in primavera, al loro chiacchiericcio si univano coppie di rondini che tornavano a nidificare. Al tramonto i raggi del sole, prima di ritirarsi, giocherellavano creando fantasmagorie di colori e immagini.

Era bella quella zona quando non ruggivano i motori.

Al secondo giorno del Rally dei Colli, Andrea e Tommy si sentivano gasati al massimo. Eleganti nelle tute bianche sagomate con fasce rosse sul petto e gli stivaletti antiscivolo in pelle scamosciata. Soddisfatti della loro vettura: la Renault Clio valeva ampiamente la spesa sostenuta: aveva superato tutte le verifiche tecniche eseguite il giorno precedente la competizione. Puntuali ai controlli orari, pilota e navigatore s'intendevano come non mai e sul *road book* fornito dagli organizzatori e sulla codifica personalizzata del percorso che essi stessi avevano compilato durante le ricognizioni.

Tommy provava una sensazione di spensieratezza come non gli capitava da qualche tempo. "Ho fatto bene a non sottrarmi al rally – rifletteva soddisfatto – e Andrea è un grande amico".

"Cinque quattro tre due uno vai adesso".

L'ultima prova di velocità a cronometro ebbe inizio.

"Taglia destra 3 corta viscida viscida attenzione".

"Sinistra due meno corta".

"Taglia destra tre corta per sinistra sei su ponte sinistra quattro Apre lunga".

Le indicazioni che il *naviga* leggeva in sequenza dal quaderno delle note erano chiare, inequivocabili. Il pilota vi si atteneva alla perfezione.

Insomma procedevano alla grande, tubando come colombe, nel cuore e nella mente solo il rombo del motore.

Tommy salutò con un cenno della mano un gruppo di fans che affollava un ponte e Andrea, senza distogliere gli occhi dalla carreggiata, fece altrettanto.

Poco più avanti, a lato della strada, intanto si materializzava un cartello verde.

"Destra cinque lunga lunga Chiude, dopo il cartello verde Apre. Questa non finisce più occhio".

L'informazione era giusta, ma il pilota la recepì nel modo sbagliato. Forse non gli arrivò la parola "dopo" che all'interno di quell'istruzione era fondamentale perché, appena avvistato il cartello verde, lasciò scorrere la macchina senza continuare a tenere la traiettoria, finendo a sbattere contro il guard-rail. La velocità era sostenuta e l'urto fu violentissimo. La Clio sfondò la barriera di metallo piombando con un boato nel vallone sottostante. Poi il silenzio.

Dopo attimi di eternità, Andrea si mosse lentamente nell'ammasso di ferro. Costatò se stesso illeso e con gesti da automa staccò lo spinotto dell'interfono e sganciò l'allacciatura sottogola. Liberatosi del casco, si dedicò a Tommy che invece non dava segni di vita. Gli slacciò le cinture di sicurezza, ma non tentò di tirarlo fuori dall'abitacolo. Poi deambulando come uno zombie si allontanò da quel che era rimasto della Clio e intanto arrivavano i soccorsi allertati dalle vetture che seguivano. I pezzi di lamiera e gli pneumatici che schizzarono via, abbattendosi sulla scarpata, non causarono feriti perché in quel punto non c'era pubblico.

Tommy ebbe la peggio.

Lo spaventoso incidente gli provocò una lesione alla colonna vertebrale che lo relegò su una sedia a rotelle. Subì tre interventi chirurgici e per molti mesi rimase presso una struttura riabilitativa d'eccellenza nel tentativo impossibile di recuperare almeno in parte l'uso delle gambe.

A nessuno dei due era passato per la testa di assicurarsi.

Quando Tommy fece ritorno a casa era trascorso un anno dallo schianto.

Agli amici che tentavano di scuoterlo dallo stato abulico in cui era precipitato ripeteva, guardando nel vuoto: "La mia corsa è finita" e malediceva l'aspro destino.

Un giorno andò a fargli visita Mathilde, tutta cangiante.

"Sono invalido" dichiarò Tommy mettendo subito le carte in chiaro.

"Porta bene!" esclamò lei con dolcezza e veemenza.

S'inginocchiò e gli slacciò i pantaloni.

Conosci il paese
dove fioriscono i limoni?

La *Shadow of Sea* attraccò nel porto di Napoli alle otto in punto di una dispettosa giornata di maggio. Sulla città soffiavano a intermittenza bizzarre folate di vento, mentre il sole, ancora incerto se concedersi o no, si limitava a far capolino tra i filamenti lattiginosi che si rincorrevano nel cielo corrucciato. Il *Maschio* accolse con la consueta benevolenza la nave tra le braccia di pietra, orfane del vessillo reale ostentato secoli addietro e per molto tempo sulle torri maestre.

I passeggeri iniziarono a scendere ordinatamente per essere trasferiti con i bus turistici nei luoghi previsti dalle escursioni. Tre giorni durava lo scalo. C'era molta animazione sul molo, come sempre quando arriva una città galleggiante a cinque stelle: venditori di souvenir, di cartoline, di bibite si affollarono attorno ai crocieristi che raggiungevano i pullman azzurri a loro riservati. Entro un quarto d'ora, la banchina sarebbe stata di nuovo deserta e la *Shadow of Sea,* spenti i motori, svuotata del carico vacanziero, avrebbe galleggiato oziosa in attesa del rientro degli ospiti.

Ethel e Theodor Friedman cercavano il torpedone al quale erano stati assegnati leggendo il numero esposto sul parabrezza dei mezzi schierati come in una parata militare. Arrivati all'ottavo, il penultimo della riga, si fermarono.

Un giovane, capelli assolati e abbronzatura caraibica, stava controllando i nomi dei turisti nell'elenco che aveva in mano. Indossava pantaloni jeans, camicia azzurra di cotone e una felpa blu con cappuccio e zip centrale, sulla quale spiccava la targhetta dell'agenzia di viaggi che lo legittimava come guida turistica.

"Signori Friedman?" chiese in modo cordiale.

La coppia annuì.

"*Willkommen*!" e li invitò a salire.

Ethel e Theodor presero posto l'uno accanto all'altra a metà del pullman che era climatizzato e spazioso. Lui appoggiò sulle ginocchia la borsa di pelle che fino a quel momento aveva portato a tracolla, la aprì e cominciò ad armeggiare con la macchina fotografica, un gioiellino digitale acquistato prima della partenza che gli era costato duemila euro e una giornata di broncio da parte della moglie.

"Theo, avrai tempo per fotografare".

Neppure in vacanza Frau Ethel perdeva il tono da professoressa. A cinquant'anni aveva ancora i capelli naturalmente biondi e la figura aggraziata di quando scendeva leggera sulle piste innevate dell'Alta Baviera. Poco più che ventenne, durante una vacanza a Garmisch, un armadio mascherato da sciatore le era capitombolato addosso facendole perdere l'equilibrio.

L'aveva aiutata a rialzarsi, miracolosamente illesa, scusandosi per la propria imperizia.

"Theodor Friedman" si era presentato l'armadio, con un sorriso esuberante come la sua mole. E nel dire il nome tolse gli occhiali specchiati.

In quel momento Ethel ne incrociò lo sguardo: tanto azzurro e così immenso che nemmeno al cinema le era capitato di vederne di simili. E in quell'azzurro inesorabile trovò l'amore.

Un anno dopo lo scontro-incontro si erano sposati e stabiliti a quindici chilometri da Monaco, in una cittadina profumata dove le strade venivano lavate col detersivo.

"Il mio nome è Leonardo. Sono il vostro accompagnatore. Staremo insieme in questi giorni: rivolgetevi pure a me per qualsiasi esigenza o se avete domande da porre. Vi auguro una piacevole permanenza. Benvenuti a Napoli!".

Appurata la presenza di tutti gli escursionisti prenotati, il giovane che li aveva accolti salì sul bus, diede il via all'autista e ora stava parlando, tenendo il microfono senza fili accostato alla bocca. Sottolineava le parole muovendo le mani e il capo. Nel pronunciare "Leonardo" aveva indicato con l'indice destro il cartellino d'identificazione.

Si mostrava disinvolto Leonardo, ma in realtà era preoccupato. La città stretta in una morsa di *monnezza* che non aveva precedenti nell'emergenza ventennale dei rifiuti solidi urbani e, come se non bastasse, quelli erano gli ultimi giorni della campagna elettorale. Spazzatura e politica, un mix micidiale, una combinazione infernale. Bastava un niente per dar fuoco alle polveri. E allora, l'eruzione del 79 sarebbe stata un innocuo spettacolo pirotecnico in confronto a ciò che si sarebbe potuto scatenare.

"Oggi la nostra escursione comprenderà la visita agli scavi di Pompei, l'*urbe* sepolta duemila anni fa dalla lava del Vesuvio... Resteremo a colazione in un ristorante tipico nei paraggi del sito archeologico, poi nel pomeriggio proseguiremo per Sorrento".

Per i Friedman quella era la prima volta che si spingevano nel Sud dell'Italia. Avevano visitato in precedenti occasioni Firenze e la capitale rimanendo incantati dal patrimonio artistico, dal cuore romantico degli italiani, dalla luce e dal sole di una terra vivace e raffinata.

Era capitato alla signora, natura sensibile e morbosamente amante della bellezza in tutte le sue espressioni, di avvertire inspiegabili tachicardie e sensazioni di vertigine davanti ai capolavori del Beato Angelico o di Michelangelo. Ethel Friedman insegnava storia dell'arte nel liceo della sua città.

La maggior parte dei viaggiatori guardava di là dei finestrini con la curiosità ansiosa di chi non vuole perdere neppure un fotogramma, perché la vacanza è sempre troppo breve e le cose da vedere tante. Avevano percorso solo pochi metri quando gli attizzati escursionisti cominciarono a chiedersi se ciò che scorreva oltre il vetro non fosse frutto della loro immaginazione: la strada bordata su entrambi i lati da recipienti di plastica, materassi, bucce di banane, copertoni.

Una distesa intervallata di tanto in tanto da montagnole multicolori di pattume oppure da cumuli di sacchetti neri, alcuni con ampi squarci, o da resti fumanti di bidoni.

"In questi giorni, a causa di uno sciopero degli addetti alla nettezza urbana, la raccolta della spazzatura purtroppo non avviene regolarmente, per cui vi chiedo scusa se capiterà di vedere ammonticchiata in qualche punto un po' d'immondizia" si giustificava non senza ipocrisia l'accompagnatore.

In qualche punto l'immondizia arrivava al primo piano dei palazzi.

Conosci tu il paese dove fioriscono i limoni?

"La prossima volta che verrete a Napoli, non ci sarà più alcuna traccia dei rifiuti, troverete tutto lindo" concluse speranzoso. Intanto il torpedone fu costretto a una deviazione: un cassonetto incendiato ostruiva la carreggiata.

I turisti si erano messi a fotografare, increduli, l'imprevisto spettacolo da tutte le angolazioni possibili, ma non per cattiveria: a dispetto dei luoghi comuni, gli inglesi sono diventati più tolleranti da quando è morta Diana e, in quanto ai tedeschi, forse per farsi perdonare il loro sciagurato passato sono molto più comprensivi di un tempo. Se vi fossero stati anche i francesi, che hanno sempre l'acqua di colonia sotto il naso, qualche *merde!* ci sarebbe scappato, ma per fortuna non v'era traccia dei cugini d'Oltralpe sul bus numero otto.

Insomma, quelli che immortalavano lo facevano semplicemente per essere creduti al ritorno a casa e per essere certi essi stessi che non avevano sognato.

"Scusa, cara" disse Herr Friedman alla moglie e, abbandonata la poltrona, si trasferì con poche atletiche falcate in fondo al veicolo per avere una panoramica più ampia e poter riprendere meglio quell'incomparabile esempio di arte contemporanea.

Si esprimeva con proprietà di linguaggio, Leonardo, sia in inglese che in tedesco.

La parola *spazzatura* la traduceva *rubbish* e *Abfalle,* ma il termine *monnezza*, che usò quasi senza accorgersene, gli risultò intraducibile e lo riportò tale e quale. Aveva un'opinione personalissima in merito alla semantica del lessico: *spazzatura* e *monnezza* non sono sinonimi. La radice stessa fa la differenza: derivando, infatti, la prima da *spazz-* implica da sé l'azione di nettare, di raccogliere; mentre *mon-* è matrice comune a monte, montagna, e dunque rimanda a un accumulo, a qualcosa che sta là e non si muove.

Se poi si vuol far risalire l'etimo a *mundare*, il distinguo, secondo il giovanotto, è ancora più sostenuto, non essendoci nulla di più sudicio che un mondezzaio.

Sentendo tutti quei click, gli venne il terrore che i turisti volessero farsi la foto-ricordo con la *monnezza* o *spazzatura* che fosse. Non si sarebbe potuto sottrarre, così come quella volta in cui dovette accontentare un gruppo del Benelux che pretese di posare con i disoccupati organizzati in sit-in davanti a Palazzo San Giacomo.

Fece cenno all'autista d'imboccare l'autostrada il più presto possibile e quello gli rispose con uno sguardo rassegnato: "Faccio quello che posso".

Come Dio volle s'immisero sull'A3 e furono trenta chilometri di indifferenziata più compatta del guard-rail originario in muratura che, in qualche punto, era franato. Leonardo riprese in mano la situazione e annunciò con voce canterina:

"Stiamo per arrivare a Pompei. All'ingresso degli scavi incontreremo la guida locale, il nostro mentore" precisò.

"Quanto durerà la visita?" dalle ultime file immancabile arrivò la domanda.

"Circa tre ore, ma non preoccupatevi. Io sarò sempre con voi" li rassicurò, consapevole che i turisti temono sempre di perdere il loro riferimento.

"Il cicerone del posto ci condurrà nella realtà riportata alla luce esattamente com'era il giorno fatidico dell'eruzione, quando una nube grigia abbuiò il cielo – pieno di buona volontà, Leonardo, cercava di mantenere vivo l'interesse della comitiva –... e la lava e una pioggia di cenere coprirono la città interamente. Pompei era una colonia romana a oriente di Napoli, un centro attivissimo di commercio che contava circa ventimila abitanti".

La professoressa Friedman già stava facendo, mentalmente, lezione ai suoi studenti che si trovavano a duemila chilometri: "Gli Scavi di Pompei, dichiarati dall'Unesco patrimonio mondiale dell'umanità, sono una testimonianza unica della società...".

All'ingresso dell'area archeologica i visitatori ingenuamente confusero un ammucchiamento di cartoni bruciati con la stratificazione di materiale eruttivo.

Chiarito l'equivoco, entrarono finalmente negli Scavi e per un paio d'ore sciamarono per le antiche vie tra ville patrizie, foro e anfiteatro.

Il fascino di quei luoghi continuò al ristorante che aveva pareti affrescate raffiguranti simboli e scene della vita pompeiana dell'epoca. Per raggiungerlo dovettero percorrere a zig zag un sentiero costellato di lamiere disperse selvaggiamente.

Pasciuti e rubizzi i crocieristi avevano appena ripreso possesso del bus numero otto quando Leonardo iniziò a declamare Goethe: *Kennst du das Land, wo die Zitronen bluhn?*[1] e continuò con Byron, Shelley, Nietzsche, sublimi ospiti al tempo dei Gran Tour. In quel tratto gli piaceva fare sfoggio del suo sapere, soprattutto amava le citazioni, però nessuno lo stava mai a sentire perché rapiti dal panorama. Il pullman stava percorrendo una strada costiera a tratti alta, a tratti a picco sul mare, una serpentina sinuosa tra i declivi della montagna e che, improvvisa, svelava calette azzurre, limonaie sospese tra cielo e terra, affacci a strapiombo sul golfo che spaziavano fino al Vesuvio.

"Non hanno mai visto un paesaggio simile" pensò Leonardo con una punta di soddisfazione.

Non poteva fare a meno di confronti meschini, dei quali poi si pentiva, essendo un bravo giovane. Quella volta che, a Berlino, la comitiva d'italiani aveva fotografato le casse da morto. Andò così: i connazionali percorrevano intruppati il leggendario *Karl-Marx-Allee* per raggiungere *Alexanderplatz*. Scattavano foto a destra e a sinistra lungo il nastro di cemento che, nell'utopia socialista, sarebbe dovuto arrivare fino a Mosca, e intanto lui spiegava lo stile a *torta nuziale* degli edifici.

"Guardate! Sono bare!" urlò improvvisamente uno del gruppo indicando delle grandi vetrine, dall'altro lato della strada, nelle quali era esposta in maniera accattivante un'ampia gamma di casse funebri, alcune chiuse, altre scoperchiate. Vuote.

All'estero Leonardo ne aveva viste di ogni specie, ma i catafalchi in mostra gli mancavano. Si avvicinarono per guardare, qualcuno facendo gli scongiuri.

Il negozio vendeva, in contanti e anche a rate, bare di varie misure e qualità, urne cinerarie, prodotti per imbalsama-

---

1 "Conosci tu il paese dove fioriscono i limoni?".

zioni, abbigliamento uomo/donna per defunti. Tutto esibi-
to con eleganza, ma non era esattamente lo scenario che ora
le sue pecorelle senili stavano godendo...

Chiese all'autista di fermarsi. Il belvedere ininterrotto
imponeva soste fotografiche. Il pullman fu parcheggiato su
una piazzola pensile che sporgeva come una terrazza. I turisti
scesero, si misero in posa velocemente come una scolaresca,
spalle al panorama, *cheeeese*, e subito risalirono.

In questi frettolosi *hop on-hop off*, c'era pure chi non imbroccava il proprio automezzo al primo colpo e vagava come
un'anima in pena alla ricerca dei volti familiari dei compagni
di viaggio.

Leonardo non perdeva di vista i "suoi" vacanzieri, poiché i
tempi erano stretti, ancora c'era da raggiungere Sorrento e il
ritorno, poi, sulla Napoli-Salerno, sempre un'incognita e per
le sei la comitiva doveva salire la passerella della nave. Qualcosa, però, nonostante i suoi calcoli, non funzionò, forse ci
fu qualche foto di troppo, perché improvvisamente si accorse di essere in ritardo sulla tabella di marcia. Disse all'autista
di accelerare e così la cittadina virtuosa del Tasso fu solo una
toccata e fuga, un accenno alla falesia, un assaggio di limon-
cello, una scatola di legno dal coperchio intarsiato.

Con i souvenir impacchettati, gli escursionisti rientrarono
puntuali ed esausti. Leonardo li scortò fin sotto la scaletta e,
quando l'ultimo ebbe messo piede a bordo, tirò un sospirò di
sollievo: "E una... Almeno questa è andata" disse tra sé e sé.

La *Shadow of Sea* sciorinò il gran pavese. Voleva sfidare il
Maschio.

L'indomani la deportazione avvenne via mare. Capri era
la meta.

Durante la notte il vento aveva spazzato via le nuvole in-
quiete del giorno precedente e ora una piacevole brezza in-

coraggiava i crocieristi che trasbordavano sui battelli diretti all'isola azzurra.

I Friedman sfoggiavano, come la maggior parte dei partecipanti alla gita, un look marinaro. Ethel indossava una maglia turchese dallo scollo a barca e pantaloni bianchi alla caviglia mentre Theodor sembrava ancor più largo nella polo a grosse righe colorate sui calzoni turchini con tasconi frontali e tasche oblique a soffietto. Entrambi calzavano scarpe antiscivolo, portavano cappelli cerati con visiera e impermeabili catarifrangenti.

Il materiale fotografico era stato sistemato in una sacca mare.

Leonardo aveva sostituito alla felpa uno smanicato blu avio. Si sentiva più tranquillo del giorno prima: la *monnezza* non lambiva ancora l'isola delle sirene, al contrario quella che gli isolani producevano veniva generosamente portata in città dove si mescolava ai rifiuti urbani cittadini in un patto imperituro di conservazione.

Per di più quell'oasi benedetta non era contaminata dalla campagna elettorale.

Appena le imbarcazioni presero il largo attaccò: "Capri è la naturale continuazione della penisola sorrentina, a cui era unita nell'antichità...".

Nello stesso momento la professoressa Friedman riprese la sua lezione a distanza.

Il terzo giorno la *Shadow of Sea* doveva salpare l'ancora alle due del pomeriggio.

Quel sabato la città era divisa fisicamente in due da una barriera di spazzatura, alta circa dieci metri e spessa almeno tre, che si sviluppava da est a ovest. Innalzatasi in principio spontaneamente, al suo accrescimento aveva contribuito, nottetempo, la ferma volontà dei cittadini di accogliere degnamente il leader del partito di maggioranza che veniva a concludere la campagna elettorale.

La tensione era alle stelle. Le autorità temevano il gran botto.

Ai turisti erano state annullate le visite nel programma della mattinata ai musei e ai parchi della zona collinare, per l'impossibilità di superare la linea di confine.

In quello stesso momento, nella parte opposta della città, l'avvocato Francesco Pavone si sprofondava sul sedile in similpelle di *Rimini* 18.

"*Quo vadis?*" chiese il tassista occhialuto.

"Come?".

"*Quo vadis*? Dove andiamo?".

"A Piazza del Plebiscito".

"*Nemo tenetur ad impossibilia...*".

Il passeggero si protese in avanti verso il conducente: "Per caso volete sfottere? Vado di fretta... devo arrivare in orario alla Manifestazione".

"A parte il fatto che conosco la perifrastica attiva e passiva, se permettete ho la maturità classica, non lo sapete che oggi è impossibile raggiungere il centro?" replicò l'altro piccato.

"Durante la notte – spiegò con sufficienza – è stato alzato un muro insormontabile di spazzatura che va da un capo all'altro della città... capite? Le arterie principali di collegamento ostruite dalla *monnezza...*".

"Siete sicuro?".

"Sto in giro dalle sei di stamattina... vedete, noi adesso ci troviamo extramoenia... me lo hanno confermato, via radio, i colleghi, che sono intramoenia... *relata refero...*".

"Se ho ben capito chi sta su non può arrivare di sotto e chi si trova giù è impossibilitato a risalire..." considerò il cliente.

"Proprio così".

"Tentiamo lo stesso!".

"*Repetita iuvant*" sospirò il tassista e mise in moto.

Ethel e Theodor, scesi dalla nave, si erano fermati sul molo e stavano consultando una cartina stradale. Si sentirono chiamare. Era Leonardo in compagnia di altri passeggeri. "Signori Friedman, siete dei nostri? Facciamo una passeggiata nei dintorni...".

"No, grazie Leonard, preferiamo girare un po' da soli. È nostra consuetudine... prima di ripartire da ogni scalo".

"Bene, avete già in mente dove dirigervi?" chiese il giovane, paventando che volessero avventurarsi di là dalla muraglia.

"La Basilica del Carmine. La cercavamo sulla piantina... vorremmo visitarla" rispose Theodor.

"È uno dei massimi esempi del Barocco napoletano, vero?" intervenne Ethel.

Il Barocco era una delle fissazioni artistiche della professoressa "per la ridondanza decorativa, il piacevole superfluo, i forti contrasti di luce e ombra": con queste parole, miste a una punta d'esaltazione, spiegava nelle sue lezioni quella forma artistica agli studenti.

E sebbene fosse di confessione luterana, la coppia non mancava mai di visitare, durante i viaggi, una cattedrale cattolica barocca, rappresentando queste il culmine dello stile che aveva espresso il potere della Chiesa in maniera grandiosa.

Leonardo ebbe uno dei suoi guizzi sardonici: pensò a Corradino di Svevia, giovane e innocente, al suo monumento funebre all'interno del Santuario, al tentativo dei soldati tedeschi di trafugarne i resti mortali, tentativo fallito e anche ridicolizzato dalla sagacia dei religiosi che indirizzarono i malintenzionati da tutt'altra parte, chissà forse la Fraulen non conosceva quell'episodio dal quale i suoi compatrioti non uscivano granché bene...

"Barocco, sì, e tante altre cose. Non è lontana la Basilica del Carmine, potete arrivarci tranquillamente a piedi. Dovete proseguire costeggiando il porto...".

E le mani iniziarono il consueto balletto. Sembravano rivolgersi a due sordomuti.

L'avvocato slacciò il primo bottone della camicia e allentò il nodo che gli serrava il collo. Era un giovane bruno, piccolo di statura, con un viso da adolescente. A vederlo nessuno gli avrebbe riconosciuto l'oratoria irruente di cui era dotato. Già nell'infanzia, quando i bambini cominciano appena a esprimersi, aveva dimostrato di possedere un eloquio torrenziale.

In un'età in cui i ragazzi fanno valere le proprie ragioni a pugni e calci, lui anziché fare a botte arringava come un tribuno. Proveniva da una famiglia di salsamentari di provincia.

I genitori, incantati dalla verbosità della creatura, lo avevano mantenuto agli studi, in città, anche per riscattare la loro esistenza stitica di soddisfazioni.

Dall'università Francesco Pavone era uscito con la laurea in Giurisprudenza, *magna cum laude*, e l'ambizione di difendere tutti i perseguitati della terra.

Gli anni di praticantato presso lo studio di un principe del Foro, un azzeccagarbugli con le ciocche brillantinate e i baffi tinti, gli avevano, però, distrutto qualsiasi illusione sulla giustizia umana. Stratagemmi, subdoli accordi con la controparte erano all'ordine del giorno. La negazione del diritto.

Una mattina il suo leguleio gli aveva detto: "Neh, Pavone, con la vostra dialettica volete fare per tutta la vita il difensore d'ufficio di condomini che si scannano e di automobilisti che si tamponano?".

"No di certo". Davanti al maestro, il giovane si sentiva la lingua legata.

"La favella deve essere per voi la fionda con la quale Davide abbatté il gigante" sentenziò il paladino. Fece una pausa da mestierante e continuò, senza perifrasi: "Per prima cosa, figlio mio, toglietevi di dosso quell'aria da provinciale... i capelli, per esempio, sembrate un contadinello... rapateli a zero, come usa tra i giovani della vostra generazione e anche un'ombra di barba, appena appena, di tre giorni, vi starebbe bene...".

Passò all'abbigliamento: "Ve lo devo proprio dire, Pavone... con le giacchettone e le cravattone che indossate sembrate *marcoff 'rint a luna*. Perché v'infagottate tanto? Portate anche la maglia della salute? La città è surriscaldata. L'immagine è importante. Credetemi, con un nuovo look e la vostra magniloquenza, voi a Demostene ve lo fareste aglio, olio e peperoncino...".

Di nuovo zitti qualche secondo, poi la stoccata finale: "*Ultimum sed grave quam primum*..., Pavone, ascoltatemi bene: la tessera!".

"Quale tessera?".

"La tessera del partito... naturalmente" concluse il Principe.

Il giovane accolse solo in parte i suggerimenti. Si recò in un outlet e dopo essersi rimirato davanti e di dietro se ne uscì con indosso un completo grigio in lana pettinata che, a detta della commessa, lo faceva sembrare la metà. Comprò anche alcune cravatte monocolore, sottili come bisce.

Non accettò di tosarsi come un coscritto, però cambiò barbiere. Alla tessera dovette rassegnarsi.

Theodor ed Ethel s'incamminarono e quasi subito riconobbero la strada a doppio senso su cui transitava il tram, per la quale erano passati il giorno dell'escursione a Pompei. Rividero la spazzatura. Mostruosamente germogliata in sole quarantott'ore. Fotografarla di là dei finestrini era stata un'esperienza insolita, ma trovarsela quasi addosso era come muoversi in un'enorme macchia col pericolo di imbrattarsi e d'infettarsi.

Tuttavia la teutonica coppia avanzava senza tentennare, senza parlare, senza respirare, e quando avvistò il campanile del Carmine affrettò il passo.

In venti minuti di marcia ipnotica, si trovarono nella storica piazza che per secoli aveva stabilmente ospitato la forca e il tavolaccio. Una brutta piazza a forma di rettangolo che al vertice di uno dei lati generava uno slargo su cui si ergeva la Basilica. La facciata del Santuario non era così maestosa come se la aspettavano, anche se veniva riscattata dall'altissimo campanile di piperno grigio che le sorgeva affianco.

Si fermarono col naso all'insù a guardare la stravagante guglia a forma di pera e immaginarono la città più bella del mondo vista da quell'ardita torre campanaria. Entrarono in chiesa. Il colpo d'occhio fu eccezionale. Il barocco c'era tutto.

L'interno lo esprimeva in maniera sfacciata nell'unica navata, decorata da pitture e stucchi, nelle cappelle laterali chiuse da balaustre di ferro battuto, nei dipinti, nei marmi policromi, negli organi lignei, nel soffitto a cassettoni.

"Una fortezza a guardia delle fede cattolica" fu il primo pensiero della coppia, imbarazzata da quello splendore offerto gratis agli occhi dei forestieri. Davvero modesto era stato il prezzo della crociera.

Pochi fedeli a quell'ora nei primi banchi, che si rivolgevano all'immagine brunita, racchiusa in una cornice dorata sulla parete di fondo, chiamandola mamma.

"Ecce homo!". Il taxi si era fermato, impossibilitato a procedere. La discarica verticale di fronte a loro. Vecchi elettrodomestici e carcasse d'auto ne costituivano l'ossatura, materiale eterogeneo la sigillava sulle fasce, sacchetti neri ne adornavano la cresta. Impenetrabile. Invalicabile.

L'avvocato cominciò a sudare: doveva assolutamente farsi vedere alla manifestazione dell'Uomo della Provvidenza.

Sciolse del tutto il nodo della cravatta che gli rimase a penzolare molliccia sul petto.

"Contento? Avete constatato *de visu* quello che avevo detto – il tassista affondava il coltello nella piaga – ma aspettate... voglio aiutarvi..." e si attaccò alla radio.

Parlò in latino con l'invisibile interlocutore.

"Alla centrale mi dicono che a cinquecento metri s'è aperta una breccia. Forse ce la faremo a sbucare dall'altra parte" riferì tutto emozionato. Proditoriamente propose: "Tentiamo?".

"Tentiamo!".

"Per aspera ad astra!".

La via di fuga si rivelò una delusione. Neanche un gatto sarebbe riuscito a passare attraverso il buco largo pochi centimetri. I topi ce la facevano.

" Proviamo a sfondare?" azzardò Pavone.

"Voi parlate *Cicero pro domo sua* – si stizzì il conducente – io non sono un abusivo, appartengo alla cooperativa *deus ex machina* come potete vedere dal logo sul cruscotto. Ma... guardate là in fondo. Cos'è?". Indicò un blocco nero che svettava di sopra dello sbarramento. Altissimo, massiccio e solido da sembrare un'unica abnorme scoria. Un monumento.

"La stele di Rosetta!" commentò amaramente l'avvocato, e si prese il viso tra le mani. Guardò l'orologio. Il tempo stringeva e... la Piazza, l'adunata oceanica, il Gran Benefattore, sempre più irraggiungibili.

"Non fate così – intervenne il conducente con tono paternalistico – possiamo ancora farcela. *Spes ultima dea*, no? Cerchiamo altri varchi, ci sarà pure un punto vulnerabile".

I Friedman non erano turisti improvvisati e neppure impreparati. Per due ore, tra le mani la corposa guida comprata a Monaco, girarono in lungo e in largo la Basilica. Leggevano, ammiravano, indugiavano, raccolti nel puro piacere dell'arte.

Avevano appena superato la statua di Corradino, quando scattò l'incantamento di Frau Ethel: "Le vibrazioni di colore, i tocchi di luce...". La donna stava per precipitare in uno dei suoi deliqui che estraniandola dal corpo la rendevano temporaneamente incosciente e preoccupavano il marito.

"Ethel, Ethel, su". Theodor le sosteneva l'avambraccio sinistro e cercava di condurla all'esterno. Ripercorrendo il corridoio a destra dell'altare, si trovarono a passare davanti agli antichi confessionali di legno. Notarono, sottocchio, una massa scura immobile su uno degli inginocchiatoi laterali, nel posto del penitente. Sembrava un gatto nero. A mano a mano che la coppia si avvicinava alla porta grande, il corpo indistinto prendeva forma, somigliò per un attimo a una sfera allungata, ma solo per un attimo perché quando sfiorarono gli scranni penitenziali allora, soltanto allora, lo sguardo affebbrato della signora e quello apprensivo di lui misero a fuoco l'oggetto.

Era un sacchetto gonfio e lucido: non lasciava dubbi sul contenuto. Il nodo che lo teneva chiuso ben stretto formava, alla sommità dell'involucro, una corolla, non certo odorosa, che si protendeva con umiltà verso la grata di separazione.

La *monnezza* chiedeva indulgenza.

Per due ore Palermo 18 esplorò il baluardo per tutta la sua lunghezza. Non furono trovati accessi possibili, in compenso il serpente onnivoro svelò opere stupefacenti: la Piramide di Cheope, Stonehenge, perfino la silhouette futurista della torre Eiffel.

Ma l'apice della genialità furono i tratti di *opus reticulatum* che grazie all'incastro perfetto di migliaia di lattine si sviluppavano per molti metri. Un reticolo diagonale di indubbio effetto decorativo.

Mancava solo mezz'ora all'inizio della manifestazione.

"*Homo proponit, sed deus disponit*" rifletteva il tassista con tutta la considerazione di cui era capace.

All'avvocato balenò un'idea: "A mali estremi, estremi rimedi – esclamò con furore – vuol dire che passerò a piedi".

"*Extremis malis, extrema remedia: pedibus calcantibus...*" tradusse il conducente.

"Mi inzozzerò tutto... ma...".

"Ma poi vi darete una bella ripulita, andate, andate, *Petronius*... non indugiate".

Francesco Pavone con un balzo scese dalla macchina, mise un fazzoletto davanti alla bocca e s'immerse nella macedonia indifferenziata.

"*Audaces fortuna iuvat!*" gli gridò dietro il tassista.

Quando uscì sul versante opposto si accorse che centinaia, migliaia di persone avevano passato il Rubicone allo stesso modo. Una massa di naufraghi cenciosi invadeva il centro città. I vestiti stracciati, imbrattati, senza scarpe, alcuni sanguinavano, altri le pudenda in vista, e c'era chi aveva perso gli occhiali o il parrucchino. Puzzavano come un gregge: non era un campo di zagare quello attraversato.

La torma di sopravvissuti ai detriti, alle bucce, alla plastica, alle carcasse d'animali, al vetro correva trionfale verso la Piazza per vedere la Luce. L'attesa fu lunga, ma alla fine premiata.

Dopo quattro ore di bivacco, un enorme rapace si materializzò all'orizzonte, dietro il Vesuvio. Le nuvole sgombrarono lo spazio celeste, il vento di maggio chinò la testa. L'elicottero si abbassò sulla folla belante, vorticò tracciando magici anelli, per qualche secondo restò immobile nell'aria imbarazzata. In quegli attimi eterni si delineò attraverso il finestrino il viso impagliato dell'Imbonitore Massimo, le dita benedicenti *urbi et orbi*.

L'elibus s'involò verso l'alto.

Qualcuno giurò di aver visto in cielo – nel momento dell'apparizione – la scritta *In hoc signo vinces*, ma nessuno gli diede retta perché era un comunista di passaggio.

Sueños

"Finalmente i tori moriranno di morte naturale!" esclamò soddisfatta mia moglie, non appena ci chiudemmo alle spalle la porta della camera n. 480.

Ci trovavamo in un albergo dalle pretese moderniste nel quartiere gotico di Barcellona. Di fronte all'hotel una struttura circolare imprigionata da ponteggi in acciaio. Al nostro arrivo il portiere ci aveva informato che l'edificio costretto nella camicia di forza delle reti metalliche era stato una storica *plaza de toros*, ma che i lavori di ristrutturazione in corso d'opera ne avrebbero fatto un centro commerciale.

Mia moglie non perdeva occasione per assumere posizione in difesa di chiunque fosse, a suo dire, vittima di violenza o d'un semplice sopruso. Da giovane era stata attivista infuocata contro la guerra del Vietnam, finanche arrestata durante una manifestazione di protesta. Poi si era battuta a favore degli indiani d'America, passando via via a sostenere i diritti di altre minoranze etniche, gli armeni, i curdi, i palestinesi, i tibetani. Aveva marciato perché si ponesse fine al genocidio nel Darfur e alle violenze in Uganda. Con gli anni l'impegno era migrato verso movimenti ecologisti e animalisti: si batteva contro la caccia alle balene, l'estinzione dell'orso grigio, la deforestazione in Amazzonia, e certo io ero stato alquanto sadico a insistere affinché mi accompagnasse alla

101

convention della mia azienda che si teneva nel paese dove ancora sopravvive l'obbrobrio della corrida.

"È giusto che i tori muoiano di morte naturale, piuttosto che infilzati dal torero – convenni per compiacerla – ma perché stravolgere un luogo simbolo di una tradizione?".

"Di un'usanza barbara, vuoi dire".

"È come se gli italiani facessero del Colosseo una pista di pattinaggio – aggiunsi per provocarla – potevano trasformare l'*arenas* in un museo della tauromachia, per esempio".

"Per tramandare alle generazioni future il ricordo della tortura legalizzata inflitta ad animali inermi?". Stava iniziando a prendere cappello.

"Oddio, Luna, c'è differenza tra *matare* un toro e il *pasto cristiano* delle belve".

"No!".

"Ti prego, cara, rilassati: rimarremo tre giorni in questa magnifica città. È anche l'occasione per una breve vacanza. Non startene reclusa e insofferente. Passeggia nelle *ramblas,* torna a rivedere la *Sagrada Familia*, va' in spiaggia a prendere il sole".

È una donna avvenente mia moglie, allegra, minuta, lo sguardo assetato di giustizia e una massa anarchica di capelli corvini che s'intonano al suo modo d'essere. Ma l'implacabilità le ha fatto perdere il gusto della vita e così la femmina che mi aveva affascinato due decenni prima, anche per la schietta indignazione che le suscitavano le angherie e per la temerarietà con la quale si esponeva, è divenuta una santippe velenosa che tuona dalla mattina alla sera *erga omnes* e dalla quale perfino gli amici di vecchia data, sinceramente affezionati a noi, hanno preso le distanze. E che forse mi disprezza per il mio totale disimpegno.

A volte mi grida "Sei un sognatore" con la stessa foga di chi lancia un insulto o una maledizione. Il suo integralismo mi fa paura.

Io sono un uomo semplice, vorrei che la malapianta della cattiveria fosse estirpata radicalmente dalla faccia della terra e che tutti vivessero felici. Questo per mia moglie si chiama qualunquismo.

La giornata era stata caldissima, e di sera la brezza marina mitigava appena la calura.

Non riuscivo a dormire a causa del freddo: l'aria condizionata, che io e Luna avevamo invano tentato di regolare, si manteneva a livelli da ibernazione. Sentivo sulla testa un ghiacciaio di nevi eterne, una calotta polare che m'impediva perfino di pensare. Decisi di uscire dall'igloo e di scendere nella hall.

Tralasciai l'ascensore e infilai le scale. Al centro di ogni rampa correva un tappeto blu ornato di arabeschi dorati, liscio come un prato inglese, la pendenza era lievissima e dolcemente scivolai verso il piano terra.

Arrivai nell'atrio, che nella semioscurità mi sembrò deserto. Ma poi scorsi un chiarore in fondo al salone, feci ancora qualche passo e nella vaghezza della luce intravidi Pablo, il giovane barman in compagnia dell'Infanta di Spagna. Stavo per tornare indietro, quando Pablo con un gesto ampio e circolare m'invitò a unirmi a loro. Mi avvicinai.

Il giovane, capelli neri brillantinati e guance che richiedevano una rasatura, stava con i gomiti appoggiati sul bancone di marmo e parlava nel suo idioma carezzevole.

"Vuol bere qualcosa, *señor*?" mi chiese garbatamente. Scossi il capo e con un balzo mi sistemai su uno sgabello altissimo in metallo satinato accanto alla nobile pargola, arroccata pure lei sulla sommità di uno scanno.

Stava raccontando la sua vita, Pablo.

Non ha fatto sempre il cameriere: fino a pochi anni fa era il becchino del ridente cimitero del paese in cui viveva. Da mattina a sera un gran da fare: non c'era solo da seppellire i morti, bisognava lustrare i marmi, cambiare l'acqua nei portavasi, curare le aiuole per impedire che le erbacce ricoprissero le lapidi. Oltre questi compiti, cui attendeva con estrema scrupolosità, deponeva fiori e pregava sulle tombe alle quali nessuno faceva mai visita, quelle più trascurate. Insomma il giovane beccamorto non era soltanto diligente, ma anche profondamente credente e rispettoso delle anime e dei corpi di chi aveva scelto il "suo" camposanto per il soggiorno eterno.

Una domenica in cui nessuno si era risolto di morire, decise di rassettare la tomba di famiglia.

A questo punto della narrazione, Pablo s'interruppe, vinto dall'emozione.

L'Infanta lo guardava con tenerezza, io ero curioso di sapere come sarebbe andata a finire.

Dopo pochi attimi di silenzio riprese a parlare.

Quel giorno, dunque, scostò con delicatezza il marmo che sbarrava il sepolcro domestico. Gli bastò un'occhiata per accorgersi che qualcosa non quadrava: al centro del loculo le spoglie benedette di suo padre e di sua madre, accanto a loro un mucchietto d'ossa era ciò che rimaneva del fratellino morto a cinque anni, in fondo i resti mortali dei nonni. Ma a chi apparteneva quel corpo avvolto nel sudario adagiato in mezzo ai genitori? Contò e ricontò i propri cari, rievocò l'estrema dimora di tutti gli zii e cugini, e ne trasse un convincimento: tra i suoi morti c'era un intruso.

Molto turbato, chiuse la tomba e iniziò a indagare. Pareva che nessuno sapesse niente in paese. Non potendo interpellare coloro che erano sottoterra, Pablo torchiò un vecchio custode che da tempo immemorabile lavorava nel luogo sacro, ma non ne ricavò nulla.

Un interrogativo acuminato come uno stiletto ormai lo tormentava senza sosta: chi era stato tanto proditorio da intromettersi nella dimora eterna dei suoi cari, da "pretendere" di riposare insieme a loro per l'eternità? Un amico della mamma, o del padre, un amico "speciale", forse? Di certo nel suo paese, negli ultimi anni, di cose strane ne erano avvenute, erano state legalizzate situazioni al limite della decenza, porcherie che ai tempi del generalissimo non erano minimamente tollerate.

Pablo aggiunse che il vecchio guardiano lo aveva saggiamente esortato: "Lascia che i morti seppelliscano i morti". Ma lui, non riuscendo a darsi pace, aveva abbandonato il cimitero giurando di non metterci più piede né da vivo né da morto.

L'Infanta disse banalmente: "È sempre meglio non scoprire gli altarini", ma il giovane non derogava alla zelante ottusità di cui era impastato e iniziò a discettare del franchismo. Sosteneva con veemenza che ai tempi del *caudillo* l'*Espagna era tierra de matador*, e adesso era divenuta una frenetica *movida*.

Sorprendentemente l'Infanta mise in mezzo l'Opus Dei e l'Inquisizione, allora Pablo si attaccò al misticismo di Santa Teresa d'Avila. A quel punto decisi che poteva bastare: non era quello il luogo dove far abitare i miei sogni. Approfittando della penombra che ancora insisteva, mi allontanai a piccoli passi.

Di colpo dalle scale apparvero bagliori di luce. Mi diressi verso quella direzione. Le spade scintillanti illuminavano i volti cupi dei pirati, armati fino ai denti, pronti per l'arrembaggio. Il bucaniere, un occhio azzurro zaffiro e l'altro nero pece, sul capo una pezza rossa e al collo una catena di denti di pescecane, estrae dal fodero il lungo pugnale ricurvo. È il segnale. I pirati, le facce annerite e i remi fasciati di stracci per non far rumore, accostano e vanno all'assalto. Dalla nave abbordata esplode il fuoco di sbarramento: tuonano cannoni, sibilano spari, ma il proiettile sembra stregato: raggiunge il bersaglio senza più forza di penetrazione.

La filibusta è implacabile, invulnerabili i corsari avanzano fino a sottomettere completamente l'imbarcazione. La nave arrembata è prostrata come un animale ferito e il suo capitano ordina di ripiegare verso le lance. I fuggiaschi, in preda al panico, tra grida lamentose e il groviglio del sartiame, si sparpagliano malamente e nella confusione alcune barche si capovolgono. Il veliero, ferito a morte, galleggia nella bonaccia mentre i pirati fanno man bassa.

Ma al bucaniere, che ha gli occhi uno azzurro e l'altro nero pece, non interessa nulla di ciò che i suoi uomini stanno saccheggiando. Semplicemente lui è venuto a riprendersi la straordinaria gemma che si trova su quella nave: la sua donna. Per questo ha ordinato l'arrembaggio, per questo ha neutralizzato la mitraglia avversaria.

Il sogno epico nel quale mi trovavo mi affascinava, ma conteneva troppa violenza e volli uscirne. Non era quello che cercavo. Strinsi forte le labbra e proseguii.

La stanza n. 115 certo doveva essere un posto felice: da essa provenivano gridolini infantili di allegrezza, richiami bonari di adulti, insomma vibrazioni piacevoli. La gioiosa confusione mi attrasse.

Alle quattro del pomeriggio i bambini avevano già rotto le uova di cioccolato e i palloncini. Fiocchi, nastrini, incarti argentati, coloratissimi erano sparsi ovunque e l'aroma penetrante di cacao di cui l'ambiente era impregnato mi stordì dolcemente.

Forse si stava festeggiando la Pasqua, perché è a Pasqua che si regala l'uovo di cioccolato ai ragazzini. Questi, però, erano incredibilmente ricchi o esageratamente viziati perché ne avevano ricevuti in dono almeno sei o sette ciascuno. E li avevano sventrati tutti per scoprire la sorpresa che custodivano all'interno.

Mi sembrava di trovarmi in un'enorme cioccolateria dove fosse scoppiata una bomba: la materia prima e le diverse farciture schizzate ovunque e le creature, già chiazzate dal fondente, s'imbrattavano reciprocamente, con le piccole dita, le magliette, i calzoncini, le scarpe e qualunque cosa miracolosamente scampata all'esplosione. Gli adulti si scambiavano baci al gianduia, al pistacchio, alle nocciole. Quella stanza non sarebbe potuta essere più dolce.

"Nu... nu nu tella voio nutella". La vocina imbronciata apparteneva a una virgola di donna di quattro o cinque anni. Un diavoletto biondo che agitando le braccine grassocce continuava a piagnucolare: "Nutella... nutella... voio...". Una piccola mamma la prese in braccio tentando di calmarne la bizza, ma la bambina terribile, divincolandosi, strillò più forte: "Nutella!".

Per solidarietà o per osmosi anche un marmocchio dalla testa grossa iniziò a reclamare la nutella. Fu l'inizio del coro più rabbioso che mi fosse capitato di sentire: impiastricciati dalla testa ai piedi di cioccolata i mocciosi, tutti, pretendevano la nutella.

Un piccolo papà prese il cellulare, compose un numero.

"Pronto! È l'azienda produttrice della nutella? Potreste mandarmene immediatamente un camion? Sì, ne voglio un tir... un tir colmo... le do l'indirizzo...".

Scappai via da quel sogno terrificante.

La notte era quasi trascorsa e ancora vagavo per il corridoio fiutando chimere come un cane da tartufo raspa il terreno. Da lontano mi giungeva il respiro dei dormienti che sognavano. Entrai in punta di piedi in un'altra nebbia.

Un cubo fosforescente stava atterrando vicino alla piscina. Il luccichio si spense e su ciascuna delle facce laterali si materializzò una rampa a spirale. Gli alieni cominciarono a scendere ordinatamente dal ventre dell'astronave.

Il corpo biancastro era a forma di uovo. Sulla testa, simile a una pera capovolta, spuntavano ciuffi di capelli blu. Sotto la capigliatura azzurrognola, gli occhi rotondi, ravvicinati e, più in basso, un'unica cavità di color porpora. Alti come bambini e bipedi. Avevano mani palmate con un solo ditone, le estremità inferiori erano spanne.

L'andatura ondeggiante li faceva rassomigliare a pinguini sul pack.

"Obiettivo raggiunto".

Alpha ZetaX, il capo pattuglia, comunicava con la stazione spaziale clicchettando sul palmare sinistro col pollice destro.

La risposta arrivò in un nanosecondo: "Conoscete lo scopo della missione. Attendiamo rapporto dettagliato. Buona fortuna".

Alpha ZetaX si rivolse telepaticamente ai compagni: "Andiamo! Verificheremo se quanto si dice negli spazi intergalattici corrisponde a verità".

Si sparpagliarono per il villaggio, annusando.

La loro capacità olfattiva era straordinariamente sviluppata a causa dello smisurato numero di recettori racchiusi nell'incavo color porpora.

L'olfatto il loro senso primario.

Annusarono il tappeto verde che non conoscevano perché nel remoto mondo dal quale provenivano c'era solo sabbia rossiccia. Annusarono le cortecce degli alberi e i frutti che penzolavano tra le frasche. Annusarono le aiuole variopinte, i filari di vite e le siepi fitte, le radici e gli alberi e i cespugli e le foglie. Tutto sapeva di buono.

Invisibili passarono tra gli umani di cui non riuscivano a comprendere né l'utilità né il funzionamento. "A cosa servono?" si chiedevano reciprocamente per mezzo dei poteri telepatici di cui erano dotati.

Provavano, annusando, un tremendo benessere mai percepito in nessuna dimensione. E aspiravano a più non posso, le membrane olfattive allo spasmo.

Freneticamente Alpha ZetaX, gli occhietti traslucidi, contattò la stazione spaziale: "A tutti i fratelli di Sirio, Orione, Vega, Cassiopea, confermo che esiste un'oasi meravigliosa le cui coordinate detterò in calce a questo messaggio".

La replica non si fece attendere: "Per tutte le nebulose, tornate immediatamente alla base o vi distruggeremo".

Un click troncò la comunicazione e il sogno.

Via via da quest'incubo avveniristico, non ho mai amato neppure i film di fantascienza!

Cominciava ad albeggiare e non ero riuscito ad afferrare il mio sogno. Non avevo incontrato una gitana andalusa dal corpo brunito e dalla parlantina dolce come il miele, non ero stato, invincibile *hidalgo*, in sella a un cavallo alato, neppure avevo sognato Dulcinea che infilava le perle e ricamava in oro. Non ero salpato, ardimentoso navigatore, sulla *Santa Maria*.

Dalle stanze chiuse ora giungeva il fragore degli sciacquoni, il suono irritante delle sveglie bruscamente zittite, il ronzio degli spazzolini elettrici.

Con la sensazione di essere sopravvissuto a mille e una notte risalii al mio piano. Trattenendo il fiato, entrai in camera. La *pasionaria*, il corpo quieto, il viso fresco e roseo, dormiva inoffensiva come un neonato. Le scivolai accanto silenziosamente.

La luce nuova del mattino, filtrando attraverso gli scuri, ravvivava la moquette scolorita.

Rosso o nero?

"Si è poi suicidata tua moglie, giovedì scorso?".

"Ma no, è stata l'ennesima patetica minaccia perché le invii lo stipendio... ogni mese puntualmente mi avverte che la farà finita se non le mando il danaro...".

Il marito dell'anelante suicida aveva capelli lunghi e radi, la barba da eremita e gli occhi spiritati. Dal petto gli partiva una protuberanza rotonda come un pallone, che sporgeva oltre la seduta e sfiorava le ginocchia del dirimpettaio.

Per le caratteristiche fisiche, il carattere despota e suasivo, i colleghi lo avevano soprannominato Rasputin.

Tuttavia era difficile immaginare che una donna potesse pensare di togliersi la vita per un uomo dall'aspetto così sgraziato.

"Venti minuti di ritardo! È inaudito! Paghi per viaggiare su un rapido e ti ritrovi su un accelerato!" osservò, con lo sguardo allucinato del monaco pazzo.

"Non prendertela, Claudio. Ormai siamo arrivati, e poi il casinò sta lì, chi lo smuove?" provò a rassicurarlo il giovane con i capelli a spazzola colore marroncino che gli sedeva di fronte.

La dipendenza dal gioco d'azzardo aveva costretto Claudio-Rasputin a fuggire dalla moglie e dai debiti: si era trasferito in una località del Nord a un'ora di treno dal casinò più antico del mondo. Non appena riceveva lo stipendio di dipendente pubblico, andava a giocarselo confidando nella dea bendata e, spesso, lo perdeva in dieci minuti. Più raramente, grazie a piccole vincite, i soldi gli duravano qualche giorno, ma alla fine la paga restava inesorabilmente nelle casse della casa da gioco.

Nelle sue trasferte della fortuna si faceva accompagnare di solito da un amico o da un semplice conoscente cui riusciva a vendere, in virtù delle capacità persuasive di cui era dotato, l'illusione dell'arricchimento facile e veloce. Questa volta, la vittima prescelta era un collega mite e gentile di nome Saverio, soprannominato Spazzolino per via della chioma setolosa rizzata sul cranio. Impiegato di seconda categoria, sognatore, a trent'anni viveva ancora nel limbo dell'innocenza.

Il bisogno d'affetto, che gli derivava dalla triste circostanza di non aver mai conosciuto la madre naturale e di essere stato cresciuto da una matrigna che non perdeva occasione per rinfacciargli di essere stato abbandonato, induceva il giovane a investire in ogni rapporto col prossimo tutto il sentimento di cui era capace come a volersi far perdonare la macchia del rifiuto materno.

In ufficio tutti gli volevano bene, ma questo non lo affrancava dagli scherzi che durante le ore di lavoro venivano organizzati come alternativa al disegnar nuvolette.

Quel giorno alcuni colleghi buontemponi gli notificarono, tramite il corriere ufficiale, un decreto ministeriale che comunicava la chiusura del dicastero entro la fine dell'anno. Spazzolino, tutto preoccupato, si rigirò tra le mani la comunicazione, lesse e rilesse il foglio che recava i dovuti timbri e le previste firme, senza accorgersi che era tutto egregiamente falsificato. Iniziò a chiedere spiegazioni a chiunque incontrasse nei corridoi e nelle stanze fino ad arrivare al direttore generale che comprese tutto in un battibaleno, ne rise dietro la faccia ministeriale e minacciò misure disciplinari contro gli autori della proditoria burla. Provvedimenti che non ebbero seguito per l'impossibilità di individuare i responsabili a causa dell'omertà che comunemente regna nei luoghi di lavoro.

Il treno scavalcava la laguna, lentamente la città avvolta nel sogno emergeva, languida, dall'acqua paludosa. Si era fatta sera. E già le prime cupole d'Oriente ascoltavano le parole incantevoli e sciocche degli innamorati.

"Non capisci? – incalzò Rasputin – Abbiamo perso venti minuti di gioco. Meno puntate uguale meno vincite" concluse secondo la sua logica ineccepibile.

"Perché è sicuro che vinceremo?".

"Non fare il menagramo! Ci siamo! Finalmente!". Claudio s'alzò in piedi e per qualche secondo la pancia gli ballò da sola. Si assestò il marsupio con qualche manata e si avviò lungo il corridoio seguito dall'amico.

Furono i primi a scendere.

"Non è molto lontano Cannaregio" osservò Saverio.

"No, però seguiremo il mio percorso scaramantico che porta bene. È collaudato. L'ultima volta che l'ho fatto, ho centrato di seguito tre numeri *pieni*".

"D'accordo, vada per l'itinerario propiziatorio, però prima voglio fermarmi a mangiare qualcosa".

"Mangiare? Spazzolino ascoltami bene: noi siamo venuti per gustare al tavolo verde, non al tavolo del ristorante".

"Ma io ho fame!".

"Prometto che, al ritorno, ti offrirò la cena alla Locanda Montin, fanno delle ottime seppie in umido con polenta. Ti piacciono le seppie?".

"Preferirei una pizza, maledetta e subito".

"Non se ne parla neppure!".

"Comunque è meglio che i soldi della cena li tenga io" concluse Saverio.

Il giovane iniziava a pentirsi di aver accettato di stare in società con quel panzone che gli impediva perfino di cenare. Non lavoravano nello stesso ufficio, però sapeva cosa si mormorava di Claudio nell'ambiente, del suo vizio sfrenato per il gioco d'azzardo, del suo sistema "infallibile" per dissanguare il casinò e quale nomignolo gli era stato affibbiato.

Eppure quel giorno davanti al distributore automatico di bevande, durante la pausa caffè, non aveva saputo rifiutare l'invito a prendere l'espresso al bar, in alternativa alla brodaglia della macchinetta. Così, mentre sorbivano la miscela fumante, era arrivata puntuale la proposta del collega-giocatore di formare una piccola società per realizzare, con diabolica certezza, il colpo della vita. E dire addio a quel lavoro grigio, a quelle stanze grigie, ai dirigenti grigi, a tutto il grigiume di cui erano impregnate le loro esistenze di travet.

Bastava mettere in comune un po' di danaro per avere un capitale più cospicuo da investire e, naturalmente, le vincite sarebbero state divise a metà. L'eventualità di perdere tutto non veniva neppure contemplata.

Le parole erano state così convincenti che il cuore tenero di Saverio non riuscì a opporsi alla richiesta e poi l'utopia di cambiare vita reca sempre con sé un fascino calamitoso. Accettò.

E si ritrovò, prima che avesse il tempo di ripensarci, sul treno con destinazione casinò.

Strana accoppiata quella di Claudio-Rasputin e Saverio-Spazzolino: il trippone indossava un pastrano grigio scuro dal taglio militare, che doveva aver affrontato molti generali inverni e che, non riuscendo più ad abbottonarsi, si spalancava sul davanti mettendo in mostra la botte di lardo come fosse un parapetto fiorito.

Il collo taurino strozzato da una sciarpa a quadri e, sulla testa, un copricapo a metà strada tra una coppola e un colbacco.

Più sobrio il giovane, a capo scoperto, e avviluppato in un piumino nero di media lunghezza chiuso con la cerniera lampo.

"Mi raccomando, non incantarti nella sala del Trente-Quarante. Filiamo direttamente alla roulette in groppa al cavallo".

"Quale cavallo?" chiese Saverio con candore.

Stavano attraversando il Ponte delle Guglie e Claudio dava gli ultimi suggerimenti al collega-socio.

"Quale cavallo?" ripeté, appoggiandosi al corrimano.

Non sapeva neppure come fosse fatta la *roulette*, ignorava del tutto qualunque tipo di gioco con le carte, perfino l'asso pigliatutto.

"Accidenti a me con chi mi sono messo in società! *Le cheval! Le cheval!* Non ricordi? Te l'ho spiegato, in ufficio. È la combinazione di due numeri attigui, basta beccarne uno per vincere".

E continuò come parlando a se stesso, l'occhio affebrato: "Niente *orfanelli, gemelli* o *carré* stasera, *cheval* solo *cheval*!".

L'agognata meta – il palazzo rinascimentale, superbo nella sua decadenza – sorgeva davanti a loro. Il cuore di Claudio iniziò a battere forte, come se tra quelle mura lo stesse aspettando la creatura più ammaliante del pianeta per condurlo nei meandri remoti e ardenti del piacere.

"Espugniamo la luna!" esclamò, tutto eccitato. Un attimo dopo si pietrificò.

"Perché ti sei bloccato all'improvviso?".

"Guarda lì!".

Sulla sinistra dell'edificio, poco distante dal portale, uno storpio che si puntellava con le stampelle chiedeva l'elemosina. Uno spolverino liso di colore indefinibile come l'età di chi lo aveva addosso copriva le misere ossa. Mento sul petto, l'uomo riusciva a tenere il cappello tra le mani nonostante l'impaccio delle grucce.

"Beh?".

"Un mendicante, lo vedi o no?".

"E allora?".

"Porta iella! Porta iella!".

"Ma è un poveraccio che non si regge neppure in piedi! Ha stampata sul volto tutta la miseria del mondo".

"Appunto. Pensa a quanta negatività ha in corpo. Noi gli passiamo innanzi e lui ce la scarica tutta addosso".

"Allora?".

"Dovremo aggirarlo".

"Come?".

"Facendo qualche piccola deviazione".

"Ascolta Spazzolino, ora noi torniamo indietro, passiamo su dal ponte della ferrovia e ci fiondiamo sulla riva destra, tagliamo attraverso la via più breve e raggiungiamo Rialto. Oltrepasseremo il ponte e ci troveremo nuovamente su questa sponda, ancora qualche minuto di cammino e saremo al casinò, dalla parte sicura, però, avendo dribblato la sfortuna".

"Stai delirando, Claudio. Se ho ben capito: vuoi circumnavigare la città per scansare quel povero cristo".

"Per un dio esigente come quello del gioco possiamo anche camminare un po' di più".

"Camminare un poco di più? Sembravi avere una fretta del diavolo quando siamo scesi dal treno".

"Certo che sono impaziente, ma non posso tirarmi dietro la malasorte, e non c'è altra soluzione per eluderla".

Saverio scuoteva la testa, considerando che ben poca cosa era ciò che si diceva del collega in ufficio: quell'uomo non era soltanto drogato dal gioco, nei casinò c'era tutta la sua vita.

Tentò l'ultima carta: "Sono stanco, non mi va di fare ancora tanta strada. Vacci tu, io ti aspetterò qui".

"Eh no! Non dimenticare che siamo in società, ora si procede insieme".

La voce di Rasputin era divenuta minacciosa, e gli occhi infossati lanciavano strali di fuoco.

Il giovane sfoderò allora una determinazione impensabile: "Non ne posso più. Non si mangia e mi stai sottoponendo a una corvè".

Claudio ritenne opportuno cambiare registro, e con tono più amicale: "Ma come, ti invito al casinò più bello del mondo... la fortuna ci sta aspettando... e tu ti lamenti? mi fai i capriccetti... Gambe in spalla, giovanotto! Il tragitto, al massimo... saranno trenta minuti... con le nostre falcate... una passeggiata. Fidati. E il ritorno lo faremo in gondola o preferisci il motoscafo?".

"Preferirei non essere venuto!" replicò torvo Saverio. Nondimeno affiancò l'amico.

Ancora una volta Rasputin aveva avuto la meglio.

S'incamminarono immusoniti nel labirinto delle *calli*, dei *campi, dei campielli*.

Claudio procedeva spedito – e la stessa andatura imponeva all'accompagnatore – seguendo un filo invisibile che si srotolava lungo il tragitto che doveva renderli immuni dalla sfortuna.

Percorsero stradine muschiose tanto strette da non poter procedere affiancati, superarono palazzi dalle finestre ricamate a mano e dalle logge intarsiate, oltrepassarono ponti tesi come archi, costeggiarono i canali che innervavano la terra: i loro passi risuonavano sempre uguali sulle lastre di pietra, tra aleggianti ombre del passato che si mescolavano ai vivi e alle maschere dei vivi.

Insensibili al fascino umido della città andarono tra il sussurro delle mura e lo sciacquio delle onde.

Se soltanto per un attimo si fossero sottratti l'uno al rapimento mistico del gioco d'azzardo, l'altro a quella specie di soggezione che gli annullava la volontà e lo rendeva succube dell'amico, se soltanto per un attimo le loro coscienze addormentate si fossero destate, con un sussulto seppure breve di vita, in quell'attimo sarebbero caduti in ginocchio davanti alla concentrazione di bellezza imperdonabile nella quale erano immersi. A loro sarebbero giunti il respiro degli amanti tra gli androni scuri, e il rapido balenar di una *bautta*, e il canto del gondoliere nella notte. Certo avrebbero sentito la voce avida dell'usuraio ebreo reclamare il patto sanguinario, e l'eco delle *ciacole* dei mercanti cristiani, e le parole lusinghiere della locandiera, e il ruggito del leone alato. E i rintocchi del campanone percosso dai Mori a segnare il tempo passato e il tempo che verrà. E i saltelli delle gondole attraccate alla riva. E lo sciabordio dei remi della galea dogale che va a congiungersi col mare.

L'effluvio delle spezie misto alla salsedine li avrebbe certamente stregati così come il gaudente Casanova faceva cadere ai suoi piedi le giovani patrizie.

Ma niente di tutto questo sentiva o vedeva la coppia che, al pari di due grosse pantegane cieche e sorde, scompariva nei *sotopòrteghi* oscuri per sbucare sull'altro lato della via, intersecava gli spazi fiocamente illuminati per guadagnare tempo, e poi di nuovo s'infilava nel successivo sottopasso, lontana anni luce dall'atmosfera incantata della Serenissima.

Per girare attorno al malocchio impiegarono circa un'ora, le loro facce – quando furono di nuovo sul lato giusto – erano diventate maschere di cartapesta.

Claudio-Rasputin oscillava tra il barbuto Pantalone alla costante ricerca di soldi e l'enigmatico Jolly, mentre sul viso di Saverio l'ingenuo Arlecchino si alternava al malinconico Pierrot, con tanto di lacrima.

Si ritrovarono nel sestiere Cannaregio. Mancava poco ormai, ancora qualche ombra di gotico fiorito, ancora qualche passaggio tra gli stucchi degli antichi palazzi, mancava poco e nessuno dei sensi si era risvegliato nei pellegrini del *biribis-si*[1], nessuna funzione vitale li solleticava.

"Non andare a lavarti continuamente le mani dopo aver toccato le fiches, porta sfiga". Claudio riprese a vessare Saverio.

"E non incrociare le gambe mentre giochiamo!".

"Mi chiederai anche di mettermi la mano sul didietro, perché porta bene?" ironizzò il giovane. I capelli gli si erano drizzati talmente da sembrare aculei e la testa aveva l'aspetto di un istrice.

"Non preoccuparti, non ti chiederò di tastarmi...".

"Meno male!".

L'aria si era fatta fosforescente quando all'ultima girata sbucarono davanti alla lapide wagneriana. Erano nuovamente a destinazione, ma non ebbero tempo di compiacersi.

Immediato e disumano proruppe l'urlo di Claudio: come se gli spettri di tutti gli appestati del lazzaretto con le loro maledizioni gli dessero addosso contemporaneamente.

Sembrò soffocare, non articolava parola, con la mano tremante indicò il casinò.

Il mendicante schiacciato tra le stampelle, col cappello in mano, si era spostato all'altro capo del portone ed era davanti a loro. Vano era stato il periplo.

Per entrare avrebbero dovuto per forza passargli davanti.

Ora Claudio pareva impazzito: bestemmiava in tutte le lingue, imprecava contro lo storpio reo di perseguitarlo con la scalogna.

Saverio intanto rifletteva che il pover'uomo per trasferirsi da un lato all'altro dell'ingresso probabilmente aveva impiegato lo stesso tempo del loro inutile giro dell'oca.

1 Antichissimo gioco d'azzardo.

Seguirono attimi di silenzio, di sospensione, di deriva. Non si trovavano più lì, ma in un posto diverso, in una regione diversa, al centro di una grande roulette sui cui ruotavano all'impazzata.

E poi il disco si fermò.

"Io entro!". E fu Spazzolino, non più chiuso a riccio, a pronunciare queste parole: il sangue di nuovo gli scorreva nelle vene.

"Entri? Ma...".

"Ma niente! Per caso vuoi propormi un altro giro? Sono stufo delle tue manie! Sciogliamo la società! E dammi i miei soldi!".

Intenzionato una volta per tutte a sottrarsi all'influenza letale di Rasputin, il giovane tirò fuori una grinta imprevedibile.

"Ma sì, sciogliamola – convenne Claudio, e aggiunse con tutta la crudeltà di cui era capace – sei troppo negativo. Sei tu che porti sfiga. Sei tu che allontani la dea bendata!".

E tirate fuori sgraziatamente dalla tasca alcune banconote, le mise tra le mani dell'ex socio, e con uno sguardo di fuoco lo avvertì: "Bene, allora ognuno giocherà per conto proprio. E non solo. Anche all'opposto dell'altro. Perciò se punterò sul pari, tu scommetterai sul dispari. E quando allungherò le fiches sul rosso, tu perderai sul nero. Bada bene, Spazzolino, ti terrò d'occhio!".

Nel pronunciare quest'ultime parole puntò minacciosamente l'indice della mano destra verso il giovane.

"Affanculo" gli gridò Saverio e si avviò verso l'entrata.

L'alba s'insinuava leggera nella laguna, quando una limousine acquatica accostò al pontile del casinò. Era un motoscafo coperto, completamente in mogano massello, lungo non meno di setto-otto metri. Il marinaio che lo pilotava aveva la compostezza di un ammiraglio.

Sul ponticello un addetto della casa da gioco scortava con deferenza un giovane dai capelli a spazzola.

"È il più lussuoso signore, come lei aveva chiesto".

"Grazie".

Spazzolino lasciò una generosa mancia all'inserviente e scese la scaletta. Si accomodò sulla cuscineria color panna e fece cenno di andare.

L'imbarcazione virò col musone di prua e schizzò sul Canal Grande sollevando spruzzi che sembravano sculture.

Nello stesso momento, usciva dal casinò sul lato opposto, incamminandosi per la *calle*, un uomo panciuto, barba da debosciato, sguardo torvo e tasche vuote, che solo grazie al *viatico*[2] avrebbe potuto prendere il treno.

---

2   Cifra messa a disposizione dalla casa da gioco per quei giocatori che hanno perso tutto.

Il compleanno del Faraone

Nei saloni d'oro del palazzo turrito la corte festeggiava il compleanno del Faraone.

Perry Barney si ritrovò in un vortice di sacerdoti ieratici col cranio rasato e pizzetto sotto il mento, dignitari in abiti drappeggiati, con collane di molti giri e parrucche a mantella, mummie sofisticatissime dal trucco pesante. Qualcuno vestiva unicamente una pelle di leopardo, altri portavano sul capo una calotta di cuoio che celava completamente la capigliatura. Gli scribi seduti a gambe incrociate, il pennello di canna sull'orecchio, tracciavano su fogli di papiro i simboli per tramandare all'umanità dei tempi a venire la cronaca dell'avvenimento. Tutti a piedi nudi.

L'americano non si era mai sentito tanto a disagio in vita sua: aveva indosso solo i bermuda, calzava gli infradito e al polso sinistro un cipollone di metallo nobile che perfino nel suo paese così liberal era considerato di cattivo gusto. Voleva sparire. Intanto un corteo di fanciulle incedeva facendo volteggiare veli leggeri come l'aria che si libravano al pari di farfalle. Servi a torso nudo e col perizoma avanzavano recando regali per il festeggiato: vasi d'alabastro, scrigni colmi di gioielli, amuleti smaltati a forma di scarabeo con impresso il cartiglio del re. Perry si sentì ancora più imbarazzato per il fatto di non aver portato neppure un pensierino. Gli pareva che i presenti si muovessero secondo un preciso rituale, senza accorgersi di lui o forse ignorandolo volutamente.

Non gli riusciva, però, di svicolare dalla rete di ragno in cui era invischiato. Una rete che lo teneva sempre di più e che adesso convergeva a mo' d'imbuto verso il *sancta sanctorum*. Incanalato, suo malgrado, nella corrente inarrestabile dei cortigiani, lo stupore gli cresceva ad ogni passo: tutti i tesori della terra erano ben poca cosa di fronte alla preziosità di quella dimora. A un tratto iniziò a vedere tutto dorato, e pensò d'aver ingoiato il sole. Lo sfavillio della sala più profonda lo abbagliò tanto da costringerlo a chiudere gli occhi.

Dopo qualche secondo, molto lentamente sollevò le palpebre e al di sotto della tendina delle ciglia vide finalmente la fonte di quell'energia così totalizzante. Sul trono in tutta la sua maestosità il potente Signore del mondo, il Faraone.

Restringendo le pupille, ne scoprì l'acconciatura tradizionale di stoffa a righe orizzontali blu-Nilo sormontata dalla doppia corona, la barba posticcia a punta, il collare con intarsi in oro e argento, il gonnellino corto arricchito da pietre preziose, i sandali con la punta ricurva verso l'alto. Il Faraone.

Non mancava alcun simbolo regale: la coda di toro penzolante dalla cintola e il bastone del comando saldamente impugnato nella destra riportata al petto. Il Faraone.

Un servitore smuoveva l'aria con un enorme ventaglio di piume. Su un piedistallo, in posizione vigile, una sequela di gatti impettiti, la testa triangolare, gli occhi accesi, in attesa di essere venerati.

Improvvisamente il quadro cambiò: il campo visivo fu interamente occupato da una figura di donna. Volto velato, corpo fasciato da una tunica semitrasparente, braccia adorne di monili, avanzava verso di lui con movenze sinuose. Mise a fuoco e non ebbe dubbi: quello sguardo ammaliatore, palpebrato... Cleopatra, la più grande seduttrice di tutti i tempi lo stava puntando. Era lei che gli veniva incontro, il suo profumo già gli solleticava le narici. Tentò il tutto per tutto. Le scoprì il viso e... si trovò a faccia a faccia con Fatma, la più sensuale delle danzatrici del ventre che ogni sera si esibivano sulla nave in spettacoli da Mille e una notte.

Perry Barney da Philadelphia si svegliò di soprassalto e rimase per qualche minuto imbambolato a fissare la zanzariera di tulle che avvolgeva il letto a baldacchino. A poco a poco rivenendo alla realtà guardò attraverso la veranda panoramica e vide il Fiume Sacro che scorreva nel passato. Si rigirò tra le lenzuola di lino e possente gli ritornò la fragranza di miele e di sandalo che lo aveva inebriato nel sogno.

Ricordava confusamente, troppo confusamente, di essersi intrattenuto al bar, la sera innanzi, con Fatma, dopo lo spettacolo. E, come al solito, l'alcol l'aveva prima sorretto, poi abbattuto. Un sospetto fastidioso si insinuò tra i pensieri ancora assonnati: "Vuoi vedere che la maliarda mi ha narcotizzato con qualche intruglio per alleggerirmi? Sono professioniste in questo genere di cose".

Scese dal letto con una tale furia che inciampò nel tavolino di tek, affianco al letto, rovesciando la frutta e la caraffa di karkadè. Raggiunse il divano di raso damascato e frugò tra gli abiti ammonticchiati in disordine. Trovò i pantaloni: il portafoglio era nella tasca posteriore destra. Intatto. Soppesò le banconote verdi: non ne mancava neppure una. Come gli assegni turistici che non aveva avuto il tempo di spendere, come le carte di credito che erano al loro posto nel cassetto dello scrittoio. Anche la libbra d'oro zecchino a forma di orologio da polso era li, negligentemente abbandonata su una sedia. Perry sorrise. Tornò a distendersi. Se si fosse riaddormentato... chissà... Cleopatra o Fatma poteva tornare...

"Happy birthday, Ramsete!" augurò e spense la luce. Inutilmente.

"Mister Barney, sono le otto".

Il bussare discreto alla porta della cabina e la voce del cameriere che gli dava la sveglia gli impedirono di abbandonarsi nuovamente alla malia del sonno. Si alzò e andò ad aprire.

"Buongiorno Tag".

L'addetto alla suite, un giovane dalla pelle brunastra e il cranio allungato, si chiamava Tarek, ma Perry gli aveva abbreviato e americanizzato il nome".

"Buongiorno mister Barney, l'escursione alle Piramidi partirà tra un'ora" gli comunicò con un sorriso beato.

"Mi dica, Tag... lo spettacolo che si tiene la sera... tra le danzatrici ne ho notato una molto bella, capelli lunghi color dell'ebano... credo si chiami Fatma, la conosce?".

"Sono tutte bellissime, e portano parrucche...".

"Ho capito".

Andò al divano, sollevò in aria i pantaloni, estrasse il portafoglio e ne tirò fuori un pezzo da dieci dollari che, senza alcuna ambiguità, mise tra le mani del cameriere.

"Ok Tag... stasera gliela indicherò, sicuramente la riconoscerà".

"Veramente mister Barney... non so se... – intascò il denaro con scaltrezza levantina – non dimentichi il cappello, signore, l'area delle Piramidi è molto soleggiata".

Nel minibus che accompagnava i crocieristi all'aeroporto e poi a bordo dell'aereo che li condusse al Cairo, Perry osservava in silenzio il paesaggio beduino. Non gli interessava socializzare. Meglio non correre rischi.

Riguardo quella vacanza aveva le idee chiare: giocare a biliardo, sborniare e spassarsela, inventandosi l'amore con occasionali compagne di piacere, attività che aveva dovuto accantonare di malincuore nel corso dei suoi sciagurati matrimoni.

Alla larga da relazioni semiserie con cuori solitari.

Perfino aveva chiesto che gli fosse assegnato un tavolo

tutto per sé, nel salone da pranzo, ma poi si rassegnò a condividere i pasti con una coppia in luna di miele, una signora anziana e sua nipote, l'ospite più giovane della nave, una ragazzina di nove anni dagli occhi diafani e con l'apparecchio dentale. Si sentiva al sicuro: l'età della dama e della creatura le rendeva innocue e, in quanto alla sposina, sembrava non avere occhi che per il marito.

Perry Barney da Philadelphia, quarantottenne, facoltoso, era stufo di pagare alimenti d'oro a delle sconosciute. Sin da bambino aveva respirato l'odore dell'azienda chimica di famiglia: perfino la casa e gli abiti del padre, che era un *self-made-man*, sprigionavano l'odore di vernici e di solventi.

Nei rari abbracci paterni, virili e anche un po' brutali, Perry percepiva tutte le aspettative di chi ha costruito un impero economico e auspica nel figliolo-erede non solo la continuità ma anche l'ampliamento del proprio sogno.

Quando a Perry Barney senior venne un coccolone mentre armeggiava con una *teenager*, il giovane si trovò catapultato dalla sera alla mattina nel mondo del lavoro. Se fino allora aveva stiracchiato gli studi e si era distinto solo nel *foot-ball* per i suoi lanci smarcanti, si rivelò inaspettatamente un uomo d'affari capace e intraprendente. Grazie a investimenti strategici e alla favorevole congiuntura economica, la Barney & C. era divenuta una multinazionale quotata in Borsa.

Le sue scelte sentimentali, però, non erano state parimenti azzeccate: tre volte aveva infilato il cerchietto all'anulare di fanciulle avvenenti che parlavano lo stesso linguaggio sociale e che credeva di amare perdutamente, e tre volte aveva divorziato. "Non sono felice. Vado a Parigi" il messaggio laconico di Vicky, l'ultima consorte, sul post attaccato al frigorifero.

"Affanculo... magari lo sarai con un madonnaro di Montmarte!" era stato il suo commento, e poi si era concesso una sbronza consolatoria durata quarant'otto ore.

Mai più legami impegnativi, questo l'imperativo quando, tornato lucido, realizzò il terzo fallimento. Si sentiva improvvisamente stanco. "Una vacanza forse mi farebbe bene... Dovrei staccare da tutto...". Aveva fatto diverse volte il giro del mondo con la moglie in carica, e tanti viaggi di lavoro. Ma sempre in aereo.

Incaricò la segretaria di prenotargli una crociera.

E quella, solerte, gli aveva fissato la suite a prua della nave più lussuosa che risaliva il delta del Nilo. Non se ne era pentito perché tutto rispondeva, anzi superava le aspettative in quel viaggio senza tempo, *ma attento Perry, hai il fisico di un atleta e il volto bello, e in più emani l'effluvio dei soldi: caratteristiche che ti rendono pericolosamente appetibile...*

Amin, la guida, sapeva il fatto suo e durante il percorso per accedere agli spazi celesti spiegò la civiltà egizia quale anticipatrice di migliaia di anni della storia del mondo. Parlò con orgoglio di un popolo nato già adulto che aveva dato vita ad opere d'arte e di scienza al di là delle possibilità dell'epoca, quasi in virtù di esperienze vissute su altro mondo straordinariamente progredito.

"Una società così evoluta che, però, dopo secoli è collassata. È incredibile che per arrivare alle Piramidi ci sia quest'unica strada, neppure asfaltata" commentò un crocierista.

"Risale anch'essa alla quarta Dinastia" gli fece eco un altro. Qualcuno rise della battuta.

Il gruppo batteva il viottolo dissestato alla periferia del Cairo che portava all'ultima delle sette meraviglie dell'antichità.

Arrivarono a una piana rocciosa: davanti a loro i mastodonti di pietra testimoni del desiderio maniacale d'immortalità dei Faraoni.

"Chi vuole entrare all'interno delle Piramidi è pregato di rimanere accanto a me". Amin tentava di tenere unita la comitiva, ma alcuni erano già in posa, sorridenti, in groppa ai cammelli.

A Perry non andava di scendere nelle camere funerarie. Snobbò la cammellata e si mise a vagabondare per la spianata sabbiosa animata dai turisti. Alcuni ragazzi dalla pelle scura scalavano Cheope, agili come bertucce.

"Hi Perry!" lo salutò dall'alto di due gobbe rossicce Virginia, la ragazzina che sedeva al suo tavolo. Veleggiava insieme alla nonna su un quadrupede alto almeno tre metri.

Lui rispose al saluto con la mano e continuò la sua passeggiata scompagnata. A un tratto si sentì toccare il gomito: un bambino magrissimo, dai lineamenti dolci, le mani a coppa colme di monetine fredde, offriva nichelini ripetendo come una nenia *change, small change*. Gli diede un dollaro senza accettare nulla.

Nell'attimo in cui distolse lo sguardo dalle Piramidi, nell'attimo preciso in cui si rivolse al ragazzino, percepì il fruscio di una veste e la presenza di una donna misteriosa e il suo sorriso nascosto dal velo. Ne sentiva la fragranza tanto intensamente che certo doveva essergli vicinissima.

Decise di stare al gioco: avrebbe seguito quel profumo estatico fino a che non si fosse svelata, e allora la cercò perdendosi tra i giganti di Giza e il leone col naso mutilato[1], tra le rocce erose dal tempo e le dune spettinate dal vento.

Inutilmente, perché lei, evanescente come un miraggio, s'involò quasi granello di sabbia.

Quella sera sulla nave fu organizzata una festa in maschera. La fantasia dei crocieristi si sfrenò oltre ogni limite: si camuffarono tutti da Faraone e da Regina del Nilo. Perry non cedette alle insistenze dello steward di mettersi almeno una mascherina: l'ultima volta che aveva fatto una cosa del genere era stato trent'anni addietro a un ballo di fine corso del college. Per l'occasione si travestì da pirata dei Caraibi, con

1 La Sfinge.

tanto di bandana e sciabola: un bucaniere assai apprezzato dalle studentesse...

Questo avveniva molto tempo prima, ora l'unica maschera che indossava era la sua faccia.

Fece capolino all'*Ibis*, il salone delle feste, e contò più mummie che al museo egizio. Ma quelle se ne stavano quiete nei sarcofagi, queste invece ballavano, ridevano, avevano l'aria di divertirsi un mondo.

"Mr Barney è dei nostri?". Un essere imbalsamato gli veniva incontro. Oltre le bende, riconobbe André... il medico provenzale, buon giocatore di biliardo. Doveva essersi spalmato sul viso il gesso delle stecche, e si era scurito il bordo degli occhi.

"No, André sono stanco... A domani. Mi deve la rivincita, ricorda?".

"Ci conti, mister Barney". Il francese si rituffò nel delirio delle mummie.

Perry andò a sedersi al bar che si trovava a poppa, il più tranquillo.

Un cameriere si materializzò in un nanosecondo.

"Che le porto, signore?".

"Doppio scotch per favore... mi dica, ha idea di quanti chilometri di bende hanno usato per fasciarsi in quel modo?".

Rimase a bere, malinconico cowboy, fino a notte fonda.

Nei giorni seguenti, la magica pifferaia continuò a sfidarlo: la *sentì* nei templi osiriaci di Karnak, tra le colonne di granito rosa, la intravide biblica sentinella nella Valle dei Re. Gli si mostrò sotto palme secolari sulle sponde del Fiume di Dio: appariva per qualche attimo infinito, spariva per poi riapparire in un gioco illusionante di luci e ombre.

E il suo profumo erratico spegneva qualunque altro aroma.

Al mercato di Assuan i danzatori nubiani suonavano il tamburo, le sacerdotesse agitavano i sistri, i venditori attiravano potenziali clienti urlando in una lingua incomprensibile, gli asini ragliavano, le mosche si accanivano sul cibo esposto senza copertura, il sole picchiava implacabile. Perry avvertiva in faccia getti d'aria calda sparati da un invisibile phon. Si pentì di non aver optato per la gita a bordo della feluca.

Avvistò André e la moglie che contrattavano animatamente argenti e ottoni: il francese calzava un berretto con visiera da yacht, *madame* indossava la galabia. Accanto a loro un gruppetto di fior di loto trattava un narghilè con un furfante dai mustacchi neri che gesticolava come un ossesso.

La folla, il rumore, la miseria, la sporcizia. Perry sentiva su di sé cento, mille mani. E sudava. Il viso gli grondava: il phon aveva lasciato il posto a una pezzuola inzuppata d'acqua.

Quando un lillipuziano tentò di mettergli tra le braccia un cucciolo di coccodrillo, decise che era troppo: doveva uscire al più presto da quel caravanserraglio, tornare sulla nave che si cullava sul Fiume, rifugiarsi nell'eden protetto.

Attraverso il dedalo dei vicoli cercò una via di scampo. Invano. Il soffio ipnotico di lei, impietosa, gli riaccese i sensi, attirandolo tra le case appollaiate l'una sull'altra, sulle scale strette di antichi palazzi, nei cortili assolati. L'americano, in preda ad un'esaltazione febbrile, inseguiva il sogno supremo. A un tratto, vinto dalla stanchezza, si fermò accanto a un pozzo. L'ombra lo sfiorò con un accenno di carezza, subito dileguandosi su un'esotica carrozzella.

Telefonò al suo psicanalista dall'altra parte del mondo.

"Jack... una donna misteriosa, la più bella che abbia visto nella mia vita... una dea... si rivela sbucando dal nulla, il suo profumo mi stordisce, un balenio e subito si dissolve come per incanto".

"Perry! qui sono le tre di notte, se non erro dalle tue parti dovrebbero essere le dieci di mattina... fammi indovinare... quanti Martini ti sei già scolato? Tre... quattro?" gli rispose lo strizzacervelli insonnolito.

"Da quando ho messo piede su questa terra mi perseguita".

"I saggi propositi ti hanno già abbandonato?", la voce oltreoceano ebbe un risolino.

"È un'ossessione... Mi sta rubando l'anima".

"Ricordati quanto ti è costata l'ultima ossessione...".

"Smettila con le tue menate...". Perry riattaccò.

Arrivarono ad Abu Simbel, il giorno del compleanno del Faraone.

La sera precedente, sulla nave, erano stati proiettati una serie di diapositive e un filmato relativi al capolavoro archeologico che avrebbero visitato l'indomani.

Il relatore, un giovane professore di egittologia dalla voce levigata, spiegò che il tempio incastonato nella roccia, di proporzioni e bellezza ineguagliabili, si doveva al senso di onnipotenza di Ramses II che aveva voluto attraverso quell'opera perpetuare nei secoli se stesso e la moglie Nefertari.

"... Non l'unica, ma certo la più amata" chiosò il docente e in Perry si risvegliarono ricordi di tragiche convivenze.

Il conferenziere aveva poi illustrato il miracoloso lavoro di smantellamento e di ricostruzione compiuto da un'équipe internazionale di esperti per spostare il sito in una nuova posizione più in alto e più indietro rispetto al lago.

Un'impresa immane al fine di evitare la scomparsa del complesso più grandioso d'Egitto sotto le acque lacustri.

"Siete fortunati nel visitare Abu Simbel proprio nel giorno del genetliaco del Faraone".

La platea s'incuriosì e chiese perché.

Lo studioso, che fino a quel momento non aveva tralasciato nessun particolare del Gigante di pietra, divenne laconico, accennò solamente e in modo misterioso all'orientamento del mausoleo e all'evento che si compiva solo due volte l'anno: il "miracolo del sole".

I crocieristi procedevano in silenzio lungo la strada polverosa, all'ombra di cinquanta gradi. Nel paesaggio desolato a poco a poco spuntavano dalla sabbia i Colossi sorridenti, ma solo quando arrivarono sul breve pianoro il tempio si mostrò nella sua magnificenza.

Sentirne parlare e vederlo nei filmati era stato un conto, ma trovarselo di fronte fu altra faccenda: anche i più disincantati si sentirono formiche.

"Secondo te, quanti anni compie il Faraone?" chiese Virginia a Perry.

"Tremiladuecentocinquantasette" rispose lui pronto.

"Come farà a spegnere tutte queste candeline?".

"Con l'ultrafiato di Nembo Kid, è ovvio".

La guida indigena indossava una lunga tunica kaki di cotone grezzo, intorno alla testa almeno tre metri di stoffa componevano il turbante patriarcale. Statuario, brunito, appena uscito da un bassorilievo dell'epoca. Con voce antica, cantilenante, affascinò gli ospiti: mescolando storia e leggende, li portò indietro nel tempo alle radici profonde della civiltà egizia, raccontando l'invisibile li condusse nel sovrumano, spazzando via ogni legame con il mondo reale li trascinò in una dimensione onirica.

Confusi tra vita terrena e vita ultraterrena, tutti si sentivano leggeri come piume nel momento culminante del miracolo della luce: i raggi solari irradiavano soltanto il volto di Ramses II lasciando in ombra le altre statue del sacrario.

Non era la strega Marilyn che veniva fuori dalla torta a cantare *happy birthday* e neppure Nefertari che si affacciava dal sarcofago a fargli gli auguri né la pietosa dea Iside, ma il Dio Sole in persona che omaggiava il Faraone.

L'ultima sera a bordo, Perry la trascorse in solitudine sulla veranda della suite, sotto il cielo violetto senza luna, a fumare, bere, in testa pensieri contradditori. L'indomani, su un jet, il ritorno a Philadelphia. Avrebbe ripreso a godere con il lavoro e a non pensare, ma certo gli sarebbe apparso repellente l'odore delle sue fabbriche ora che aveva respirato l'essenza dell'Inafferrabile, si era assuefatto alla sua inconsistenza e portava sottopelle granelli di sabbia ossidata.

Di buon'ora Tarek bussò a lungo e invano alla suite di Mr Barney.

Il primo sole filtrava, pallido, tra i sicomori, la danza nuziale degli aironi era giunta al culmine, gli amanti si tenevano abbracciati, immobili, sul Fiume Padre.

Quella notte, la Sconosciuta si era rivelata. La stanza ancora pregna del suo alito di dolcezza.

Mare Nostrum

Fluttuavano leggere le due rondinelle.

L'infinito vivente le cullava con un movimento d'amore: a tratti scomparivano sommerse dall'onda spumosa per poi sollevarsi sull'apice increspato.

La vita, non la morte, fremeva accanto a loro.

Quel pomeriggio la spiaggia era di fuoco: poche cose sono più irresistibili di un bagno refrigerante, quando la calura insiste e il mare è lì a pochi passi che sembra chiamarti. Le bambine sistemarono le loro cianfrusaglie sotto il costone della montagna, sfilarono le magliette e corsero a tuffarsi tra i cavalloni... ma non tornarono più a riprendere le collane e i braccialetti che non erano riuscite a vendere.

Nella notte africana senza luna, le stelle scomparse, lo scafo del peschereccio sguazzava nelle acque placide di *Mare Nostrum* aspettando il suo carico di carne umana.

Sulla spiaggia, appiattito contro una duna, Tamirat stringeva al petto la nipotina, e si sentiva fiducioso: per due notti aveva sognato quattro astri vaganti che illuminavano il mare. Auspicio favorevole.

"Anele, rimani sveglia – le sussurrava – la barca sta per arrivare... ci porterà a bordo di un grosso battello... arriveremo in un paese che ti piacerà molto, te ne ho parlato, ricordi?... Un paese senza guerra, dove potrai andare a scuola e non dovrai più recarti al pozzo perché l'acqua giunge fin nelle case".

La piccina, occhi assonnati e labbra bluastre, si rannic-
chiò ancor di più tra le braccia del nonno, levigate dal ghibli.
Braccia forti e tenere che le trasmettevano calore e sicurezza.

Ha dieci anni Anele, ma la sua infanzia è rimasta nella
piazza del mercato il giorno in cui i guerriglieri calvi piom-
barono sulla folla e spararono sui civili indifesi, è rimasta nel
volto di sua madre agonizzante, un filo di sangue le colava
lentamente dalla bocca, è rimasta nelle grida d'orrore di quel
mattino color della mezzanotte.

Tamirat sentiva pesare più che mai su di sé la terribile re-
sponsabilità che si era assunto e pensava che avrebbe lavorato
come schiavo tutti gli anni di vita che gli restavano per sottrarre la creatura alle lotte tribali che da quarant'anni insan-
guinavano il paese: un orrore senza fine.

Un ripugnante calvario di guerre tra combattenti armati e
miliziani integralisti, cristiani contro musulmani, per mettere le mani sul petrolio, immensa ricchezza del territorio. Una
maledizione quell'oro nero, in nome del quale si versava sangue tra fratelli e si stava compiendo una barbarie infinita di
torture, uccisioni, stupri, che distruggeva famiglie e sfaldava
l'equilibrio delle comunità.

Tamirat, corpo statuario color del bronzo, portava pietrificata sul viso la fierezza dei suoi antenati guerrieri. Si riteneva beneficato dagli dei per il dono ricevuto di undici figli,
dieci maschi e un'unica femmina, ultima nata. Ma parte della progenie se ne era andata via dal villaggio, reclutata dai
ribelli, e neppure sapeva se fossero ancora vivi.

L'ultimogenita aveva lo sguardo da gazzella e la carnagione scurissima della madre mai conosciuta, perché morta nel
momento in cui lei aprì gli occhi alla luce. Già da bambina
iniziò a occuparsi dell'orto, delle galline, delle pulizie, del
bucato che strofinava al fiume con la cenere.

Quella mattina il patriarca era seduto all'ombra di un'a-
cacia. Con il cesto della biancheria sulla testa, camminando

ben eretta la figlia gli passò innanzi e Tamirat considerò che, a sedici anni, la creatura aveva ormai il corpo maturo di donna.

Fu un brutto giorno: sulla riva del corso d'acqua un manipolo di mercenari sorprese la giovane e la violentò, lasciandola in fin di vita.

"Padre, voglio morire!" implorò quando, vergognosamente umiliata nel corpo e nell'animo, si ritrovò davanti al genitore.

Ma, seppure schiacciato nella sua dignità, Tamirat frenò la rabbia di vendetta che gli gridava il sangue, non rifiutò la figlia marchiata, com'era nelle leggi non scritte della sua tribù, né la svendette come un capo di bestiame infetto, quando furono evidenti i segni della gravidanza.

"Il bambino che nascerà non è figlio del nemico perché la brutalità di chi l'ha generato può appartenere a uno dei nostri figli, a un nostro fratello, a chiunque di noi... quindi sarà uno di noi" annunciò coraggiosamente al consiglio degli anziani. E invocò lo spirito della moglie perché dal mondo sotterraneo lo aiutasse a prendersi cura dell'ultimogenita e della creatura che avrebbe partorito.

La nascita di Anele fu per Tamirat l'inizio di una dolcissima stagione affettiva, quasi un'altra tardiva paternità, che gli soffiò via dal petto il lato guerresco e selvatico del carattere, tirandone fuori la parte mansueta. Dal momento in cui la bambina gli rivolse il proprio vagito, sembrò a Tamirat che la ferita invisibile e immedicabile dell'abuso subìto dalla figlia iniziasse a rimarginarsi.

Per Anele il nonno era una roccia e l'uomo, che fino allora aveva dispensato le parole col contagocce, narrò alla bambina leggende, tradizioni, svelò i tabù del loro popolo, le insegnò a realizzare cordini di cuoio e di legno, a intrecciare fili colorati con i quali ornare i polsi, spiegandole che essi rappresentavano simboli di amicizia e che il disegno e la successione delle tinte hanno dei significati, ma le parlò pure con frasi, le più delicate che in quel mondo ancestrale fossero state mai proferite, delle cose tremende che stavano accadendo nel paese.

Era scritto, però, che per Tamirat non doveva esserci pace: la tregua di serenità che il destino gli aveva concesso con l'arrivo della nipotina si spezzò tragicamente quella mattina al mercato. E ancora una volta vittima sacrificale fu la madre di Anele.

La nuova disgrazia lo trasformò in una belva scatenata quale non era mai stato, il dolore lo portò a disinteressarsi perfino della nipote. Rimase, per ore, lo sguardo assente, a covare la vendetta, ma poi la sapienza degli antenati ebbe il sopravvento e lo condusse alla decisione di abbandonare per sempre la sua terra.

"Meglio morire in fondo al mare" – concluse il vecchio Tamirat, capelli ormai bianchi come la canapa candeggiata – e si mise alla ricerca di un traghettatore di esseri umani.

A poca distanza, altre sagome scure tremanti di freddo, accoccolate sulla battigia, scrutavano il buio nell'attesa della scialuppa, e alternavano momenti d'inquietudine a pensieri di speranza.

Finalmente una lancia a motore spento s'avvicinò alla riva.

Le ombre si raddrizzarono e, come un sol uomo, si precipitarono bramose di prendere il largo. In quell'istante preciso *Mare Nostrum* attaccò: dagli abissi s'innalzarono all'improvviso ondate furiose che sballottarono la barca e sbilanciarono i disperati all'arrembaggio.

Finirono tutti sott'acqua, sparpagliandosi. Tamirat afferrò la bambina per i capelli e la tenne stretta. Tra gemiti e imprecazioni i naufraghi non ancora partiti riemersero in un turbinio di mani, gambe e teste, si aggrapparono ai bordi, spaventati e completamente inzuppati guadagnarono il posto che avevano pagato al boss dalla faccia di squalo.

Il capoccia che governava l'imbarcazione impose loro, con gesti scomposti, di stendersi a pagliolo, ma ancora una volta *Mare Nostrum*, innalzatosi come una gigantesca mano, la rovesciò.

Dopo due partenze fallite, iniziò il viaggio di cinquanta invisibili in fuga dalla violenza, dalla miseria, dalla fame, dalla negazione dei diritti dell'uomo e della convivenza democratica da un paese messo a ferro e a fuoco dalla guerra civile.

Uomini che non si erano rassegnati al loro destino, uomini per i quali ogni cosa sarebbe stata più sopportabile dell'esistenza sciagurata nella loro terra, uomini uniti dalla speranza, verso l'ignoto.

A trenta miglia dalla costa furono trasbordati su un vecchio peschereccio, che imbarcava acqua. Non dovevano viaggiare sopra coperta e allora li stiparono nella parte inferiore dello scafo, tra i container e le esche. La stiva era satura dei gas della sala macchine. Uno scafista si piazzò di guardia in cima alla scaletta di ferro, pronto a ricacciarli giù a suon di bastonate se soltanto avessero sporto la testa.

Una donna, i capelli irti sul capo come erba selvatica, mormorava parole antiche a un fagotto di cenci, che con la forza della disperazione teneva stretto tra le braccia. Dal groviglio di pezze spiccavano a tratti due occhi cerchiati dal terrore e appartenevano a uno scheletrino, il faccino smunto, le labbruzze tirate sulle gengive da vecchina.

Sharifa aveva sei anni, ma era talmente deperita che ne dimostrava la metà.

Avvinghiata alla mamma, piangeva incessantemente, affamata e assetata. In fuga, insieme ai genitori, dalla più grave carestia che avesse colpito il suo paese da decenni.

Husani e Kamaria provenivano dal Sahel, la regione sub-sahariana, e fino a quando la siccità non aveva messo in ginocchio il villaggio si erano ritenuti fortunati perché possedevano un palmo di terra. Un lusso per il quale sfacchinavano da mattina a sera. Erano giovani e sani, appartenevano alla stessa etnia bantù, amavano quelle zolle, ne spremevano la linfa fino all'inverosimile, perché le preziosissime piogge, seppure superiori a quelle del deserto, spesso tardavano a venire.

All'alba si mettevano in cammino con gli attrezzi in spalla, raggiungevano l'appezzamento che era lontano due miglia e fino al crepuscolo vangavano, concimavano, falciavano, ripetendo i gesti millenari di chi lavora i campi. Il ricavato del loro sudore – orzo, manioca, arachidi – bastava alla sussistenza e quando gli dei erano clementi e le nuvole si sgonfiavano a tempo giusto, il raccolto che superava il loro sostentamento veniva venduto al mercato.

Mai Husani avrebbe pensato di abbandonare la terra che era stata di suo padre, e del padre di suo padre, e dove sarebbero cresciuti i suoi figli. Mai avrebbe desiderato di vivere altrove perché riteneva quella terra eterna, e sacra.

Quando Kamaria gli comunicò: "Sono incinta", gli sembrò che la natura lo ripagasse del lavoro immane di cui si sobbarcava. Intonò il canto più atavico del suo popolo e, ora che la progenie era in arrivo, raddoppiò gli sforzi: ci sarebbe stata un'altra bocca da sfamare.

Kamaria sgravò un maschio con le palpebre gonfie, sotto le quali si schiudevano due chicchi di caffè, le gambette e le braccine sode, e il giorno dopo che le era uscito dal ventre se lo caricò sulla schiena e tornò ad affiancare il marito nelle faccende della campagna. Il bambino era di ossatura compatta come il padre, cresceva bene. Furono annate senza l'incubo della fame perché la pioggia nutriva i campi. Husani guardava orgoglioso suo figlio nudo, benedetto dall'esperienza di tutta una razza, che pestava su e giù il fondo, andava a prendere l'acqua al pozzo senza farne cadere nemmeno una stilla e raccoglieva frutti selvatici. Un giorno Kamaria annunciò di essere nuovamente gravida.

Sharifa nacque in un'alba tinta di rosso arancione, il villaggio immerso in una quiete assoluta, ed era talmente bella che sembrava impossibile fosse nata da un uomo e una donna. Certo erano stati gli dei a regalarle quella pelle serica color noce, i capelli neri e lisci, le narici piccole e retratte, gli occhi due conchiglie marine. Si successero ancora mesi e anni fertili per il villaggio, la terra continuava a generare, Husani sentiva che una forza nascosta lo agganciava a essa.

Ma quando Sharifa compì cinque anni, le piogge cominciarono a diradare, i campi a inaridire, gli stagni a disseccarsi. Il cielo sordo alle suppliche non lasciava cadere una goccia: iniziò la grande siccità. Le scarse riserve di cereali andarono esaurite fino all'ultimo chicco e allora, esasperati dalla fame, tutti presero a cibarsi d'erba, dei torsoli di qualunque pianta, della corteccia degli alberi. E poi fu la volta degli animali, prima i polli, i volatili, poi i cani. Da mangiare non c'era più nulla e chi aveva i soldi nulla poteva comprare per nutrirsi. Il villaggio s'incattivì.

Husani e Kamaria – il corpo smagrito – erano avviliti, soprattutto soffrivano l'impotenza ad agire: starsene ore e ore a spiare le nuvole, e i loro figli, divenuti due miseri fardelli di ossa e pelle, che piangevano giorno e notte a causa degli spasmi della pancia.

La carestia persisteva, i più deboli morivano. E venne il giorno in cui al bambino si gonfiarono le gambe e il ventre, e non pianse più.

Husani seppellì il corpicino del figlioletto in una buca scavata al limite del podere, poi rivolto alla moglie che aveva le guance lucide per le lacrime: "Dobbiamo andarcene Kamaria... finché una favilla di vita resiste nei nostri corpi... dobbiamo tentare l'impossibile piuttosto che lasciarci morire".

Lei non pronunciò sillaba, strinse più forte la manina di Sharifa nelle sue, e annuì. Vendettero tutto ciò che possedevano a un prezzo di fame, ma il ricavato non bastava, e allora Husani propose al trafficante l'aiuto delle sue braccia durante la traversata in cambio di una tariffa meno esosa.

Era un uomo ancora nel fiore degli anni nonostante gli stenti patiti.

Lo *smuggler* accettò.

Mare Nostrum ringhiava, rumoreggiava come non mai, zaffate cupe spazzavano il ponte del natante che, con difficoltà, puntò verso Nord.

Nell'incubo di quella zuppa umana, dallo stesso accento e dalle ciglia incolori e gli occhi iniettati di sangue, viaggiavano Tamirat e la nipotina, Kamaria con Sharifa attaccata al collo, Husani sul ponte, e non c'era nulla che fosse asciutto né sulla tolda né nella stiva. Si sentiva soltanto il pianto dei bambini.

Improvvisamente gli occhietti di Sharifa – attratti dal braccialetto di legno colorato che la bambina accatastata accanto a lei teneva al polso – smisero di lacrimare. Era Anele la sua vicina che, al momento di lasciare il villaggio insieme al nonno, non aveva dimenticato di adornarsi dei piccoli tesori, i monili che tanto amava – quelli fatti con le perline però erano andati già perduti –, le rimaneva soltanto il cerchietto su cui s'era inchiodato lo sguardo della cucciola persa tra le pezze.

Si accorse di Sharifa, incantata dal braccialetto, e ancor di più si approssimò a lei. Il mucchietto d'ossa, allora, incuriosito sfiorò timidamente con le dita trasparenti il braccio della ragazzina. Anele sfilò la cosa più preziosa che possedeva e la mise al polso da neonata di Sharifa.

Tamirat e Kamaria trovarono la forza di sorridere.

Si conobbero così le due creature che nella loro vergine sensibilità non comprendevano perché si trovavano ammassate dentro quel tozzo barcone, sballottato in un baratro liquido.

Per un giorno e una notte viaggiarono i fuggiaschi neri come la terra, tra cielo e mare in tempesta, facendosi i bisogni addosso, in condizioni peggiori degli antenati schiavi portati via dall'Africa nel 1800.

Ma non morirono per soffocamento né per inedia. Furono fortunati: non finirono nell'immenso cimitero del Mediterraneo.

Al sorgere di una nuova alba, *Mare Nostrum* si distese, trattenne a lungo il respiro e poi li scagliò come una palla alla porta più meridionale d'Europa, e riprese a fare il mare come se non fossero mai esistiti.

Sbarcarono stremati, sporchi di escrementi, in bocca il sapore del sale e del rame, ma ancora possedendo il dono più prezioso: la vita. E con la speranza che la violenza, loro retaggio avito, si sarebbe trasformata col tempo in un lontano ricordo.

Doveva capitare proprio oggi! Due morte annegate davanti a noi! Si aspetta tutta la settimana per potersi rilassare qualche ora al mare e invece... una giornata rovinata a causa di due vagabonde che decidono di fare il bagno...

Infastidite dal capannello che si stava formando sulla battigia, sollevarono appena la testa le signore in bikini che prendevano la tintarella. Distese sugli asciugamani o sui materassini, unte d'abbronzante, già pronte per la padella.

La spiaggia quella mattina era un ammasso di persone seminude che esponevano le loro carni opulente ai raggi del dio Sole.

Arriveranno i carabinieri, la capitaneria, l'ambulanza, il giudice e addio tranquillità. I corpi li hanno ripescati?

Rimisero gli occhialini di protezione e di nuovo giù, immobili come statue, ad abbrustolirsi.

Io le conoscevo, le vedevo sempre sulla spiaggia. Chiedevano l'elemosina, ombrellone per ombrellone. Accattone, ecco quello che erano.

L'uomo con il cappello di paglia, seduto su un minuscolo sgabello, sotto l'ombrellone, sfogliava il giornale. Era nervoso, perché scorrendo le notizie sportive aveva letto che la squadra del cuore già reduce da una sconfitta disonorevole in casa ora cedeva pure l'attaccante, la punta di diamante.

Erano due ladruncole. Vedi quella signora con il costume marrone e nero? Giorni fa con la scusa di venderle una catenella le stavano sfilando il borsellino...

La coppia di giovani si spalmava reciprocamente, e senza parsimonia, la crema solare. Erano abbronzati e allegri, lei aveva un laccetto colorato alla caviglia destra e lui indossava short blu con bande laterali bianche. La ragazza con falso pudore emetteva gridolini di protesta quando il compagno maliziosamente armeggiava in prossimità delle zone che il sole non l'avrebbero mai visto.

Passa palla, su, che hai nei piedi. il piombo? Ne abbiamo insaccate già due di reti oggi... ma se non facevano lo sgambetto se lo sognavano di tirare in porta... facciamogli vedere chi siamo... ehi! cos'è quell'assembramento in acqua?

Un gruppo di adolescenti incuranti del divieto giocava a pallone in riva al mare assassino, un goal e la vita è a posto.

Marescia', com'era il caffè stamattina?... l'ho chiamato a un altro bar... Pippone ci faceva aspettare troppo... a proposito sono annegate due ragazzine... forse fanno parte di quella comunità di extracomunitari insediati abusivamente nelle baracche fatiscenti al confine con il centro commerciale.

Buono, buono, il caffè brigadie'... ma che avete detto, due ragazzine della bidonville?

Eh sì, Marescia', abbiamo aperto ufficialmente la stagione estiva...

Meno male che li teniamo tutti schedati, brigadie'... Prima ci dovevamo arrangiare con i segni particolari, i tatuaggi e con... come si chiamano quei buchi che si fanno al naso, sulle labbra e poi c'infilano gli orecchini?

Persing, Marescia', si chiamano persing...

Appunto. Perdevamo la testa, una volta, per scoprire chi erano, da dove venivano. Ma adesso grazie alle impronte digitali le identificheremo subito...

Mare Nostrum, generoso e possente, ascoltò le voci di quell'umanità arrogante. E non restituì i corpicini delle bambine alle miserie dell'arenile, alle vergogne della burocrazia. Le portò lontano lontano.

Ora due rondinelle fluttuano leggere sull'acqua scortate da capidogli amici, mentre allegri granchiolini guizzano tutt'intorno a loro.

Talvolta vengono avvistate da qualche transatlantico, quelle navi di lusso dove la sera si balla e si canta.

Sembrano garrire nel vento, come bandiere.

Soldato delle stelle

L'imbarco fu lunghissimo. Venne data precedenza ai passeggeri con disabilità e ai loro accompagnatori, poi fu la volta delle famiglie con prole, infine tutti gli altri. Quando le tre amiche salirono sull'*airbus* 380 dell'*Air China*, l'orario di decollo era già slittato di quasi un'ora. Un'hostess, occhi color dell'albicocca, sorriso commerciale, diede un'occhiata alle *boarding passe* e indirizzò le giovani signore verso il corridoio giusto. Avanzarono, tra i viaggiatori che riponevano i bagagli a mano nelle cappelliere, fino a identificare i posti loro assegnati. Fu una brutta sorpresa, perché erano nel gruppo centrale di quattro.

"Viaggeremo ingobbite e con l'aria condizionata sulla testa" osservò Livia insinuandosi nell'angusto spazio della fila.

"Ora sistemiamoci, poi vedremo se sarà possibile spostarci", replicò Caterina con ottimismo, e intanto scelse di stare in mezzo alle due amiche. Si sentiva più sicura e a proprio agio tra loro.

"Mah! L'aereo è pieno come un uovo" esclamò Anna sedendo all'estremità della riga. Chiudeva la quadriglia, dal lato opposto, un uomo dalle fattezze asiatiche che girò il capo verso le compagne di viaggio facendo un risolino giallo di convenienza.

Furono le ultime a prendere posto, in piedi erano rimaste solo le hostess a controllare la chiusura dei contenitori del bagaglio a mano. S'illuminarono le icone che segnalavano il divieto di fumare e l'obbligo di allacciare le cinture di sicurezza.

"Il cellulare!" gridò Caterina ad Anna seduta alla sua sinistra, che, nonostante la voce dall'altoparlante avesse già invitato a spegnere i dispositivi elettronici, ancora picchiettava sui tasti.

"Ecco... ecco, ho finito... tranquilla", la telefonista si affrettò a terminare il messaggio, spense il telefonino e lo ripose nella borsa sotto la poltrona.

Anna viveva perennemente attaccata al cellulare, in comunicazione continua col suo uomo che pretendeva di conoscere in tempo reale quello che lei stava facendo. Né al cinema né in teatro né in auto né al lavoro spegneva l'apparecchio, parte integrante della sua persona. Se per un incantesimo fosse stata trasformata in un oggetto, sarebbe stato sicuramente un cellulare di ultima generazione.

Caterina si era accorta che l'amica aveva con sé due telefoni e due orologi e si chiese a che le servisse conoscere in Cina l'ora esatta dell'Italia, visto che la connessione con la sua metà era non-stop.

I motori iniziarono a rombare al massimo della potenza, nella cabina passeggeri calò un silenzio irreale e non si vide più nessuno dell'equipaggio. L'aereo percorse la pista rollando.

"Volete una gomma?" chiese Livia alle amiche, offrì il chewing-gum e mise in bocca un confetto colorato. Da viaggiatrice esperta sapeva quanto sia utile masticare per compensare lo sbalzo di pressione quando si sale di quota.

Caterina s'irrigidì contro lo schienale, gli occhi serrati, le mani stringevano i braccioli della poltrona. "Ora non si torna più indietro – rifletteva – non si torna mai indietro".

Anna allungava il collo per scorgere, attraverso l'oblò, la terra che fuggiva via.

L'*airbus* puntò il muso verso il cielo annuvolato che sovrastava l'aeroporto romano e salì in alto, sempre più in alto. Il rombo divenne un ronzio.

Appena l'aereo si fu stabilizzato, ebbe inizio il movimento dei carrelli per servire la cena. Il menu prevedeva la scelta tra carne e pesce. Per cominciare ad assaporare l'atmosfera esotica, le tre amiche preferirono il pesce accompagnato da riso e verdure.

"Cos'è?". Caterina sollevò con la forchetta qualcosa simile a un asparago.

"Germogli di bambù – rispose Livia – son buoni, assaggiateli. Li provai a Bangkok, durante l'ultimo viaggio in Oriente... con Giordano...".

"Non hanno alcun odore o sapore" disse Anna resuscitando dal bordo della fila.

"Ragazze, sarà bene dimenticarci per quindici giorni la nostra cucina... siamo o non siamo viaggiatrici?".

"Beh, veramente la *globe-trotter* sei tu... scommetto che sai pure mangiare con le bacchette...".

"Sì, Anna, ma comunque danno anche le posate, non è un problema".

Finirono di cenare senza ulteriori commenti. In un battibaleno i vassoietti vennero ritirati, ci fu un nuovo giro di bevande, e la distribuzione delle cuffie audio. Le luci furono abbassate.

Sembrava che le hostess avessero fretta di ritirarsi.

Livia accese il computer incorporato nel sedile davanti al suo. Sul monitor apparve l'immagine della Terra: un puntino di luce indicava la città di partenza e un altro quella d'arrivo. La freccina a forma di aeroplano seguiva la rotta. Cambiando schermata, si conoscevano la velocità, la temperatura esterna e altri dati tecnici inerenti al volo.

"A che serve sapere a che quota voliamo?" chiese Caterina, anche lei alle prese con il *touch-screen*.

"C'è chi come me, per esempio, vuol sapere quando sorvoliamo l'Himalaya" s'intromise Anna.

"Perché?".

Per dominare l'ansia Caterina faceva domande demenziali.

Si risolsero poi a selezionare un film tra quelli proposti sul menu del proprio computer e scelsero tre differenti canali.

La maggior parte dei passeggeri aveva abbassato lo schienale flettendosi all'indietro contro la spalliera reclinata del sedile. Avrebbero dormito o soltanto riposato, mentre a Pechino la gente già si recava al lavoro.

C'è qualcosa di magico in un aereo che, immobile nella notte, solca le nubi col suo fragile bagaglio umano di emozioni, di esperienze, di aspettative.

C'è qualcosa d'irreale all'interno della solida struttura d'acciaio: nella semioscurità, a gomito a gomito, centinaia di persone che non si conoscono, che hanno in comune soltanto la destinazione, si dirigono, inchiodati alle poltrone, verso quell'unica direzione.

C'è qualcosa d'ingiusto se in un gruppo di donne, nella sua esiguità rappresentativa di vari *status* civili – una single, una divorziata, una vedova – che scelgono di recarsi in vacanza dall'altra parte della luna, manca la "coniugata".

Statisticamente non quadra.

Caterina non dormiva e neppure seguiva le immagini che scorrevano sul *display*.

Il film era vecchio e di quelli in cui l'*happy end* è scontato, e lei di epiloghi felici finora non ne aveva avuti. A dispetto dell'immagine sfrontata che la vampa di capelli rosso tizianesco e gli occhi grigioverdi suggerivano – ed era tutto quello che aveva ricevuto dalla madre – non poteva vantare una natura impetuosa. A quarantacinque anni, il corpo ancora snello, aveva subito l'abbandono in varie declinazioni. L'ultimo il più duro.

"Dimmi piuttosto perché mio padre se ne è andato" così Giosi, l'unica figlia, le si rivoltò contro, quella volta in cui l'aveva ripresa perché rientrata all'alba.

E da quel momento, per colpevolizzarla dell'assenza paterna, era andata a vivere da un'amica negandole affetto e compagnia.

Le ragioni per le quali a una donna appetitosa come lei il marito aveva preferito la forestiera che si prendeva cura della madre le sarebbero state sempre incomprensibili così come la lingua della rozza badante.

"Cercati un lavoro, Caterina, qualcosa che ti tenga occupata", consigliava chi le voleva bene.

Ma era troppo tardi, e non sarebbe servito a ricomporre i cocci. Forse, se anni prima, avesse messo a frutto la laurea in lingue, le proprie capacità...

"Star lontana dalla bambina, dalla casa?... Non abbiamo necessità economiche" aveva replicato tutte le volte in cui il marito la spingeva in tal senso.

La felicità per lei consisteva unicamente nell'essere moglie e madre, si era cristallizzata in quei ruoli, e aveva fallito in entrambi.

Livia sentì il ginocchio del suo vicino strusciare contro la sua gamba.

L'uomo scribacchiava su un portatile. Si era interrotto brevemente per la cena e poi aveva ripreso, imperturbabile, a pungere i tasti senza cambiare mai espressione e senza dire una parola.

Dalla morte di Giordano, avvenuta un anno prima, Livia aveva messo in conto che sarebbe stata oggetto di attenzioni da parte dei maschi, attenzioni indotte e dalla sua condizione di vedova giovane e piacente e dalla non trascurabile circostanza che la sua condizione economica fosse agiata. Ma che a diecimila metri d'altezza un convitato di pietra cercasse il contatto fisico, no, questo non l'aveva previsto. Si sottrasse all'approccio spostando le gambe verso Caterina: se avesse insistito, si sarebbe alzata.

"Audrey, ecco i passaporti. Audrey, ho ritirato i documenti di viaggio".

Il marito usava chiamarla Audrey perché diceva che la figura aggraziata, l'aria sofisticata e lo sguardo da cerbiatto orlato da lunghe ciglia la facevano rassomigliare all'eterea Hepburn. Lei protestava ma, in realtà, ne era lusingata.

Giordano: la sua innata gentilezza l'aveva fatta innamorare sin dal primo momento. Quando la madre di Livia era stata portata al pronto soccorso per la frattura del collo del femore, un medico giovanissimo, magro, di carnagione scura, occhi e capelli neri come un carboncino se ne era preso cura con la competenza di un sanitario esperto e le premure di un figlio. Aveva continuato a prodigarsi anche dopo che alla paziente era stata inserita una protesi metallica in sostituzione dell'articolazione.

"Oggi è venuto a trovarmi il dottor *carboncino*" diceva maliziosamente l'anziana signora fissando la figlia in visita. Al capezzale della dama infortunata, Livia e Giordano si erano conosciuti, e subito presi l'uno dall'altra.

L'aveva resa felice per vent'anni. Condividevano la passione per i viaggi e avevano viaggiato tutte le volte che lui riusciva ad allontanarsi dai suoi malati.

Giordano proveniva da una famiglia agiata e avrebbe potuto fare a meno dei massacranti turni in ospedale, una famiglia importante che gli avrebbe consentito di accedere, senza troppo sforzo, al primariato, ma egli considerava la sua nobile professione al pari di una missione.

"*Sono* un medico, non *faccio* il medico", diceva, tra lo sgomento dei colleghi che lo consideravano pazzo e le benedizioni dei ricoverati che lo adoravano come un beato.

Tuttavia il dottor "carboncino", che aveva curato tanti malati, non seppe trovare la medicina giusta per sé e in quaranta giorni un virus invincibile se lo portò via inesorabilmente.

Per la vedova la vita divenne priva di significato: aveva perduto lo sposo, il compagno di viaggio e il bambino che non era mai arrivato, perché Giordano incarnava anche il figlio che avrebbe desiderato stringere tra le braccia.

Dopo diciotto mesi di solitudine accettò la proposta del viaggio nel paese del Sol Levante da parte di Caterina, una compagna di studi con la quale non si era mai persa di vista.

Coetanee, amiche inseparabili al tempo dell'università, e fino a quando si erano sposate, dopo il giorno del "sì" la loro frequentazione era diventata meno assidua – seppure le loro esistenze avevano diversi punti in comune –, gli auguri a Pasqua e a Natale, qualche telefonata di tanto in tanto. Col tempo, era venuta a mancare – e neppure si ristabiliva nelle rare occasioni d'incontro – quella familiarità, quella confidenza che da giovani le portava a raccontarsi anche il più puerile degli accadimenti.

Caterina era troppo orgogliosa per ammettere con chicchessia che il suo matrimonio era finito in modo umiliante, e Livia, sconquassata dalla perdita, non riusciva ad accettare di essere rimasta sola. Il loro dolore era così riservato e silenzioso che tutti pensavano che avessero la situazione sotto controllo. Ma non era così.

Il fatto che si fosse aggregata Anna, una conoscenza recente per entrambe, le aveva incoraggiate: essere in tre significava non sentirsi obbligate a partecipare a ogni escursione, se una di loro due avesse voluto estraniarsi lo avrebbe fatto senza provare sensi di colpa per aver lasciato sola l'altra.

Livia, però, avvertiva un disagio indefinibile. "Forse è stata una decisione avventata" considerò, costretta tra Caterina e lo sconosciuto orientale che tentava di farle piedino.

Anna aveva un lavoro a tempo pieno e un uomo *part-time*. Economicamente affrancata, era legata mani e piedi a un egocentrico esemplare di maschio che da dieci anni la ammaliava, la incantava, la illudeva, le prometteva amore eterno dimentico di averlo già giurato davanti al prete a un'altra donna dalla quale aveva avuto tre figli.

I capelli color sabbia, che talvolta portava legati, lunghe gambe micidiali, gli occhiali con la montatura a giorno che rendevano *fashion* il suo sguardo da miope e le conferivano un'aria dottorale, da informatore scientifico o farmacista, Anna lavorava in un importante studio notarile della città, dove curava gli aspetti giuridici delle pratiche relative ai cittadini stranieri. Era quello l'unico impiego che avesse avuto dal momento in cui – le mancavano solo tre esami alla laurea in legge – stabilì dalla sera alla mattina di essere indipendente dai genitori. Buttò all'aria il libretto universitario e si cercò un lavoro. "Voglio entrare nel mondo" disse a suggello dell'improvvisa decisione.

A quarant'anni era la collaboratrice con maggior anzianità dei notai, che per la professionalità con la quale espletava le sue mansioni e anche per una sorta di affetto filiale maturato nel tempo per la ragazza occhialuta di buona volontà, che anni addietro aveva bussato ai loro uffici in cerca d'occupazione, le perdonavano l'attaccamento morboso al telefono. Meticolosa ed esigente sul lavoro, Anna aveva perso completamente la tramontana per un uomo-fantasma che esercitava su di lei un potere enorme e dietro il quale sbarellava come un cane cieco, mentre tra i colleghi più di uno sarebbe stato felice di impegnarsi in un rapporto duraturo con lei. Il viaggio in Cina rientrava nelle giornate d'aria che il compagno *off-limits* periodicamente le concedeva quando la vedeva stremata, affinché coltivasse l'illusione di essere una donna libera salvo poi ostinatamente riproporsi con l'agonia del telefono.

L'*airbus* 380 atterrò in orario a Bejing: aveva recuperato il ritardo della partenza. Nell'alveare rosso e giallo dell'aeroporto le tre amiche – gli occhiali da sole celavano appena la mancanza di sonno – avvistarono un cartello con il logo del tour operator su cui erano scritti a caratteri per miopi i loro nomi seguiti da un saluto di benvenuto in italiano e in inglese, e più in basso pitturato un disegno stilizzato che doveva essere la traduzione in cinese.

Sotto il cartello un autentico figlio del Celeste Impero. La giovane guida dell'agenzia aveva il viso largo dagli zigomi prominenti, i capelli nerissimi dritti come chiodi, gli occhi allungati verso l'esterno, il mento intrepido. Solo la statura – superiore alla media nazionale – non rispettava le secolari differenze con altre razze.

In un italiano ad alto livello e con un sorriso stampato sul faccione impassibile, si presentò col nome di Franco, salutò le signore, s'informò su come fosse andato il viaggio, dichiarò di essere a loro disposizione durante tutto il soggiorno in Cina e che avrebbe fornito di volta in volta le informazioni necessarie.

"Franco?" esclamarono, stupite, Caterina e Livia a una voce. S'aspettavano "Drago che gioca nell'acqua" o "Figlio del vento d'estate".

Anna, intanto, stava parlando al cellulare: la prima telefonata dalla Terra del Dragone era già iniziata nel tunnel mobile.

La guida spiegò che per facilitare la vita agli ospiti usava, secondo i casi, un nome spagnolo oppure francese o italiano per l'appunto.

"Sì, ma qual è il suo nome in cinese?" insistette Caterina.

Franco recitò una cantilena che durò un minuto.

"E il significato? I vostri nomi sono frasi che esprimono un pensiero".

Il giovanotto fissò a una a una le viaggiatrici appena sbarcate, la pelle chiara, le braccia nude, libere come il vento, e con il sorriso più bello di tutto il continente asiatico rispose: *"Soldato delle Stelle".*

"A Nord sedeva il marito che nella famiglia era pari all'Imperatore, a Est il figlio maschio che rappresentava il sole nascente, quindi il futuro, la speranza...".

Franco-*Soldato delle Stelle* stava spiegando la disposizione dei posti a tavola secondo la tradizione cinese.

"A Ovest la figlia o le figlie, a Sud la servitù".

"E la moglie?", chiese Caterina facendosi portavoce anche della curiosità delle amiche.

"A Ovest, insieme alle figlie... non l'avevo detto?".

"Meno male... pensavo che sedesse insieme alla servitù".

"O che non fossero proprio accettate a tavola" concluse Anna sarcasticamente.

Soldato delle Stelle sorrise divertito: gli piacevano quelle europee che avevano chiesto di visitare gli *hutong*, desiderose di sottrarsi ai grattacieli di Vitton della delirante Pechino, alla polvere che ti si appiccica alla pelle, all'arroganza dei ricchi a bordo delle Mercedes dai vetri oscurati, alla fiumana di formiche umane che inonda la metropoli, quelle donne così moderne, lontane dallo stereotipo del turista che vuol vedere tutto senza capire niente, scatta la foto, e via.

E lui le aveva accompagnate in un quartiere popolare, dove le case dalle tegole grigie non avevano la luce elettrica, ma lanterne rosse sotto le grondaie, la gente sciacquava la verdura nel fiume, non rovistava però nei cassonetti e sorrideva con le bocche sdentate catturata dagli strani colori delle sconosciute visitatrici.

Magiche losanghe di carta, a forma di uccelli, s'incrociavano nell'aria sopra le chiome dei salici che costeggiavano il corso d'acqua.

Un gruppo di uomini e donne, giovani e anziani, perfettamente concentrati, eseguivano una sorta di ginnastica ritmica aprendo e chiudendo le braccia con movimenti fluidi, delicati come la seta, ma ben bilanciati. Un gioco di armonie sconosciuto alle signore, che interrogarono *Soldato delle Stelle* con lo sguardo.

"È una forma di meditazione in movimento per il rilassamento e la pace interiore. Si chiama *Tai Ji* – spiegò lui –, capiterà spesso di vedere questo spettacolo".

"Anche in questo posto nulla ricorda il Grande Timoniere... non una statua, un'immagine... – osservò Anna, cambiando argomento – soltanto a piazza Tienanmen all'entrata della Città Proibita ne abbiamo visto la gigantografia".

È strano che un leader che ha avuto tanta parte nella vostra storia recente – rincarò Livia – sia totalmente dimenticato in una società che ancora si proclama comunista".

"Oscurato, ma non dimenticato".

Il giovane precisò che il paese aveva imboccato la via dello sviluppo economico e che l'ideologia rivoluzionaria, il Mao-pensiero, apparteneva a un tempo ormai andato, la Cina guardava avanti, e che ritratti del Presidente ancora si trovavano solo nelle case dei contadini.

Parlava del passato come di un mondo a lui lontanissimo.

Soldato delle Stelle era nato un anno dopo la morte di Mao, in un paese distante seicento chilometri da Pechino. I suoi genitori lavoravano la terra. Il nonno aveva partecipato alla Lunga Marcia. Ma lui aveva studiato lingue e vissuto cinque anni in Italia ed era esperto d'informatica.

Nell'aria una musica malinconica: seduto a terra, un vecchio suonava l'*erhu*. Dallo strumento sembrava uscire una voce umana.

L'approccio col cibo non aveva riservato sorprese, quanto le abitudini, il *come* si mangiava: le pietanze sminuzzate fino all'inverosimile, servite su piatti di portata comune, giravano su una piattaforma al centro del tavolo rotondo, ed era necessario stare in campana per attingere da quella specie di ruota al momento giusto, altrimenti bisognava aspettare il giro successivo.

Anna perdeva continuamente il turno.

"Anziché metterne uno in ogni piattino, non potevano dare la porzione, un piatto normale a ciascuno di noi?", chiese pragmaticamente Caterina durante la cena dei "cento ravioli".

"Ogni raviolo ha un gusto diverso, non te ne sei accorta?". Livia era l'unica a usare le bacchette laccate.

"Per me hanno tutti lo stesso sapore".

"Siamo sul battello, sul fiume Lì... Se tu vedessi Guilin! è un incanto... – Anna digitava in fretta, esaltata dalla visione – sembra un acquerello...".

I turisti erano sul ponte ad ammirare lo scenario naturale che la barca penetrava solcando le acque limpide. Colline verde smeraldo, picchi bizzarri che svettavano sulle risaie, boschetti di bambù, un'armonia di forme e di colori che nessun pittore sarebbe riuscito a esprimere. Una vista struggente, *troppo* per Livia.

A prua, appoggiata alla ringhiera, sentiva fortissimo il ricordo del marito. Più un posto era bello più lei s'intristiva. Si avvicinò Caterina, con lo stesso stato d'animo. Le immagini della felicità perduta o soltanto sognata riemergevano dal fondale della memoria delle due amiche con tale chiarezza da negare il presente e offuscare il futuro.

Rimasero in silenzio. Le labbra suggellate come se una parola, una sola parola pronunciata, avesse il potere di far svanire per sempre i fantasmi delle loro fantasie e sollevarle dalla sofferenza così dolce che esse non volevano abbandonare.

Soldato delle Stelle raggiunse le signore e spiegò che la parola Guilin significa "foresta degli osmanti" e il profumo che inebriava l'aria proveniva da quelle piante.

"È soave come i gelsomini" commentò Livia, senza distogliere lo sguardo dall'orizzonte.

Poco distante da loro alcuni passeggeri praticavano il *Tai-Ji* tracciando figure in perfetta sintonia col paesaggio.

Un marinaio, la capigliatura giallo fuoco, girava sul ponte reggendo una brocca con uno strano attorcigliamento dentro. Nella caraffa c'erano almeno tre cobra.

"Grappa di serpente" informava.

"Cosa? Un liquore con le carogne di animali?".

Nessuna delle tre amiche volle assaggiarla.

Giunco Appassito era il nome dell'autista della veneranda Buick, un tipo smilzo con la faccia quadrata e i capelli oliati, che s'inchinò alle passeggere mentre si accomodavano.

Volevano conoscere il vero "Popolo di Mezzo" e avevano chiesto a *Soldato delle Stelle* di visitare un villaggio prima di recarsi nella città dei compagni miliardari: "Shangai ahi ahi!" sottolinearono ridendo.

Il trabiccolo, che risaliva alla dinastia Ming, ansimò sbuffò sobbalzò per due ore quando al tramonto *Giunco Appassito*, fresco come un bocciolo, con la stessa deferenza di quando erano partiti, spalancò lo sportello per far scendere tre creature sconvolte in un luogo dagli incerti confini spaziali e temporali.

Viuzze non asfaltate, su cui si affacciavano grumi di case dalle mura color cenere, pollame in libertà, cataste di cavoli e, in un angolo, un uomo anziano dal volto ossuto, munito di lente e pinzette, intento a pulire le orecchie di un cliente.

"Questo è il Popolo di Mezzo" annunciò trionfalmente *Soldato delle Stelle*.

Si addentrarono nella bottega di un vasaio, camminando nella polvere e nella terra.

Anna rimase all'aperto col cellulare in mano. "Non c'è alcun segnale" costatò, avvilita.

Giunco Appassito parlava con la guida in un modo incomprensibilmente concitato. Poi si allontanò in fretta.

Soldato delle Stelle si avvicinò alle donne e scandendo le parole comunicò che la sosta si sarebbe protratta perché l'autista era andato in cerca di un pezzo di ricambio per l'auto, necessario per ripartire.

"Non c'è da meravigliarsi che si sia rotta... una macchina così primitiva – sbottò Livia – usciva fumo e puzzava di bruciato!".

"Quanto tempo dovremo rimanere? Ma poi dove va a cercare? – domandò Caterina – qui attorno non c'è niente...".

Soldato delle Stelle le tranquillizzò, dicendo che il conducente si era recato in bicicletta in un paese vicino, sarebbe stato di ritorno entro un paio d'ore, e che andava tutto bene. Poi parlottò col vasaio. In pochi minuti si materializzò una donna anziana reggendo una guantiera con alcuni bicchieri di terracotta. Con dignitosa gentilezza offrì l'infuso d'acqua con foglioline di tè bianco.

Forse avevano bisogno della toilette, considerò *Soldato delle Stelle*, e le scortò all'aperto, dove al riparo di un'incannucciata potevano trovare il servizio.

"Giuro che questa è la più grossa profugata che mi sia capitato di vivere! – commentò Livia che fu la prima a utilizzarlo – È alla turca! Una buca scavata nel terreno!".

"Cosa ti aspettavi, la stanza da bagno di Cleopatra?".

Ma il peggio doveva ancora venire. Il "no" urlato da Anna da dietro le canne di bambù fece accorrere le amiche e *Soldato delle Stelle*.

"Che succede?" chiesero i tre, spaventatissimi.

"Mi è caduto nella buca… l'iPhone… l'ho perso. Ora come faccio?".

"Puoi usare i nostri cellulari – la consolò Livia – ma non c'è neppure campo". E tutti a dire "Non preoccuparti" per calmarla, però di nascosto sorridevano soddisfatti.

Da quel momento Anna non proferì più parola, come se nella latrina le fosse scivolata la lingua anziché il telefonino.

Soldato delle Stelle riprese in mano la situazione. Stava facendo buio, forse l'attesa si sarebbe protratta, propose alle signore di riposare un poco. L'abitazione del vasaio era sopra la bottega e vi si accedeva tramite una scaletta di legno.

"Ma sì, almeno distendiamo le gambe! Ho l'impressione che dovremo restare qui ancora per un pezzo", convenne Livia.

"Vuol dire che dopo la posizione da rana che abbiamo assunto in aereo, sperimenteremo quella fetale nel letto cinese che sarà… minuscolo… vieni Anna, su… andiamo". Caterina toccò lievemente il braccio dell'amica che si era ammutolita.

Due stanze basse e cieche si aprivano l'una nell'altra. Da una parete stonacata, sorrideva il faccione imbolsito di Mao.

"Sembra una cappella mortuaria" osservò Livia.

Una donna più giovane di quella che aveva portato il tè indicò, a gesti lenti, la camera interna e sparì, per riapparire dopo alcuni minuti, calma come se n'era andata, recando un orcio di terra colmo d'acqua. Oltre al letto, che non era microscopico come avevano temuto, c'erano un paio di sedie vetuste e qualche gancio al muro.

Anna scostò la rozza copertina, tolse le scarpe e si distese obliqua con tanta voglia di urlare. Tra le mani la torcia elettrica che *Soldato delle Stelle* le aveva consegnato dicendo: "Potrebbe esservi utile".

Le altre la seguirono. Stettero in silenzio, ciascuna assorta nei propri pensieri che tra loro non s'incontravano.

Per Livia l'assenza di Giordano era dolorosamente concreta, se ci fosse stato lui, rifletteva amaramente, non si sarebbe trovata in quella situazione disagiata e anche un po' ridicola. Giordano. Mai più nessuno si sarebbe preso cura di lei come aveva fatto il compagno.

Caterina si stava chiedendo quale fosse stato il momento in cui il marito e la figlia avevano iniziato ad allontanarsi. E cosa avrebbe potuto dire o fare diversamente, lei, quasi a cercare una specie di alibi per spiegarsi, giustificare quello che era successo.

Anna stringeva la pila come fosse il cellulare, ogni tanto la passava da una mano all'altra. Fu in uno di questi spostamenti nevrotici che la torcia si accese, sparando un fascio di luce sulla parete. Il piede di Caterina frapposto tra la fonte luminosa e il muro creò un'ombra nella quale, con la fantasia, si sarebbe potuto ravvisare un ippopotamo.

"Ve le ricordate le ombre cinesi?".

"Da bambini, era il gioco preferito di mio fratello... a me toccava indovinare – sorrise Livia – per lo più si trattava di animaletti... il cane lo faceva così".

Mise una mano aperta davanti alla luce, tenendo il pollice dritto, e congiunse a coppia l'indice col medio, l'anulare col mignolo: una macchia scura che poteva assomigliare a un levriero si formò sulla superficie di fronte al letto.

"Pensate, era talmente bravo che sapeva addirittura comporre varie razze...".

Ora Caterina agitava entrambe le mani. "Guardate, non sembra un'aquila?".

"Mantenete la pila, così posso provarci anch'io" propose Anna, e abbandonò l'oggetto, come aveva fatto tanti anni prima col libretto universitario.

In quella casa vecchissima, tra cose vecchissime, la lanterna magica sbrigliò fantastiche immagini e la stanza si popolò di coniglietti, draghi, velieri, montagne, fontane, liberò profumi e suoni, sbloccò confidenze congelate.

Tre donne che avevano bisogno d'amore non si sentirono più sperdute, scoprirono il senso della sorellanza, vuotarono il sacco e piansero e risero insieme.

Era ormai notte in quel mondo remoto, ma nel loro paese c'era ancora il sole.

Vulcano

Era uno di quei vespri in cui il sole tarda a morire: solstizio d'estate, e l'attesa della *sciara di fuoco,* lo spettacolo replicato tutte le sere dal vulcano. Una visione fantasmagorica alla quale gli isolani erano abituati, ma che nei forestieri suscitava sempre stupore ed anche un po' di paura. La locandina che penzolava alla parete del vecchio bar parlava chiaro: per venticinque euro il comandante Cincotta assicurava *il periplo notturno dell'isola con la vista eccezionale del magma che prorompe dal cratere, scorre come un torrente lungo i fianchi della montagna e termina la sua corsa in mare.*

Durante l'escursione agli ospiti sarebbe stata offerta malvasia a volontà.

A bordo del *Trinacria* in ozio sul mare calmo come un acquario e privo di lampare, i turisti aspettavano che la montagna s'infiammasse.

Il comandante Cincotta, figlio di pescatori, aveva navigato per quarant'anni su navi da carico – il cosiddetto naviglio *nero* – stipate di granaglie, gesso e altre merci alla rinfusa che percorrevano rotte ai confini del mondo. Dal primo imbarco a soli tre lustri, come *ingrassatore*, era avanzato nella marineria divenendo *meccanico di bordo* e *primo macchinista*. Unto e sudato, la tuta dalla quale pendevano perennemente stracci, per quattro decenni aveva ispezionato con perizia collettori di lavaggio, portelloni, candele, fasce elastiche di pistoni. Un fior di marinaio con modi da rude istrione e il viso imbevuto di sale che quando si era sbarcato definitivamente, a cinquantacinque anni e con la qualifica di capo macchinista, non si rassegnò a staccare i biglietti per conto di una compagnia di navigazione di vaporetti turistici. Nel piccolo mondo delle cose che rendono dolce la vita: il caffè al bar, le chiacchiere con i compaesani che lo chiamavano *comandante*, la partita di tressette, le passeggiate, a Cincotta, che aveva trascorso più tempo sull'acqua che sulla terraferma, mancava il contatto fisico col mare. E la circostanza di vivere, anzi, di essere tornato a risiedere nell'isola dalla quale tanti anni prima era partito gli sembrava una condanna.

Si sentiva stanziale, e troppo lontano gli restava l'oceano.

Decise allora d'impiegare il piccolo tesoro da capitan Morgan, che aveva cuccato con il contrabbando di etanolo, nell'acquisto di un vecchio gozzo di dieci metri che odorava di pesce e di alghe. Rifece la carena e la timoneria, vi sistemò delle panchette di legno sia a prua sia a poppa, e una ghiacciaia sotto plancia.

Il vecchio nome non gli piaceva ma evitò di cambiarlo.

Fu così che il comandante Cincotta riprese a navigare. E a vivere.

Durante la mattinata il *Trinacria* trasbordava i villeggianti sugli scogli antistanti all'isola per memorabili immersioni nei fondali, dove l'acqua gorgogliava di centinaia di bollicine, e poi nel pomeriggio, all'orario stabilito, andava a riprenderli.

La sera era di scena il vulcano e cambiava la tipologia della clientela. Mentre di giorno capitava di accompagnare anche famigliole con bambini, desiderose di fare il bagno tra i ventagli di lava solidificata, al tramonto invece il gozzo accoglieva soprattutto comitive di giovani che cantavano, suonavano e coppie d'innamorati che, mano nella mano, si sussurravano le parole eterne e inutili che sempre suscita una vista mozzafiato.

In quel solstizio d'estate in cui la notte saliva e il vulcano ancora taceva, sul *Trinacria* c'era un ragazzino di una decina d'anni in compagnia dei genitori. Cincotta li aveva notati all'imbarco e subito aveva considerato: "È figlio adottivo!". La carnagione bianchissima, i capelli color della cenere, gli occhi azzurri di ghiaccio, come il mare senza sale, facevano a pugni con la pelle scurissima dei due pigmei che lo tenevano per mano e lo assillavano con le solite, petulanti raccomandazioni che quando provengono da genitori naturali risultano familiari, in altre circostanze invece sanno di stucchevole.

... Attento Giò... reggiti... non sporgerti troppo... non bagnarti...

Un figlio, certo, avrebbe bonacciato per sempre il cuore di Cincotta, ma gli dei non avevano voluto fargli dono dell'immortalità che sempre reca la carne della propria carne.

"*Toruccio va cca malvasia*"[1] ordinò al marinaio.

I passeggeri trincarono, gli occhi rivolti al vulcano.

Il bambino reclamò la sua parte d'ebbrezza. La madre gliela negò allettandolo con una lattina di Coca-Cola, che il piccolo rifiutò facendo una pernacchietta.

La scena non sfuggì al comandante che girava tra gli ospiti invitandoli a brindare affinché la montagna si esibisse.

Quel moccioso gli stava simpatico, perché sapeva il fatto suo.

Un figlio. Il vecchio lupo di mare talvolta rifletteva che in qualche scalo del Golfo Persico o a Shangai o a Mombasa potesse vivere una creatura dal volto moresco e una macchia violacea dietro la nuca. Fuoco dei suoi lombi, sangue del suo sangue. E di certo ogni volta che scopriva la collottola la voglia di vino avrebbe suscitato curiosità come sempre accadeva a lui.

1 "Toruccio offri la malvasia".

Lo trovavano così maschio le donne bianche, mulatte, asiatiche quando, pantaloni e maglia blu, andava a ballare il mambo dopo giorni e giorni di navigazione e di penuria sessuale.

Le poche volte che faceva ritorno a casa, vere e proprie toccate e fuga, *schiniava* frettolosamente, tra le lenzuola odorose di pulito, Carmilina, la moglie tutta rosea ed opulenta, che lo aspettava come una madonnina sotto la campana di vetro. Ma evidentemente non imbroccava i giorni fertili perché non gli riuscì mai d'ingravidarla. E quando finì di girare il mondo, ormai Carmilina era divenuta sterile per sempre. O forse lo era sempre stata, così si consolava Cincotta, che neppure sotto tortura avrebbe messo in dubbio la sua virilità.

Ora sul *Trinacria*, che aveva gettato l'ancora da quaranta minuti, i passeggeri si stavano consumando gli occhi nel fissare la montagna che continuava a negarsi, mentre il bambino vedendo passare di mano in mano i bicchieri si stizziva ancora di più. "Il vino lo berrai a quattordici anni", ammoniva la madre-maestrina-negriero, tutta presa dal compito d'educatrice. Sentendo queste parole Cincotta, che aveva assaggiato la squisita ambrosia prima del latte, si chiese se quella donna avesse mai avuto un'infanzia e, per un istante, la odiò. *'O picciriddu*, invece, ah! *'O picciriddu* col carattere che mostrava sarebbe stato conteso dalle femmine che sempre amano l'uomo che incoccia.

Una motobarca si avvicinò al gozzo. A bordo un gruppo di turisti americani cantavano a squarciagola "Volare oh oh..." e illuminavano la distesa d'acqua con i flash delle loro fotocamere da migliaia di dollari. Avevano il cervello già inondato d'alcol. Il genere di passeggeri che durante l'escursione assaggia sì la malvasia, però non si fa mai mancare la birra, che sempre porta con sé.

"*Astasira a muntagna non voli travagghiare?*"[2] s'interrogarono i marinai.

"*No, voli esser priata*"[3].

"*Allura priamula*"[4].

Il comandante si ricordò che era domenica. Volse lo sguardo all'isola: la cupola arabeggiante di San Bartolomeo era la prima cosa che si avvistava avvicinandosi alla terra, e l'ultimo punto a scomparire all'orizzonte quando ci si allontanava. Il principio e la fine. E così sarebbe stato per lui: in chiesa la prima volta per il *battezzo*, e all'epilogo, come estremo approdo se il mare non lo avesse graziato arraffandoselo.

Sul fianco del vulcano brevi lampi di luce: le torce elettriche degli ardimentosi che scalavano a piedi la montagna per spingersi fino alla sommità. Da ragazzo quella *camminata* lui l'aveva fatta tanta volte. Partiva al tramonto da solo o con i compagni. Salivano per i sentieri di tufo, costeggiando le colate di ossidiana, attraversavano la spianata disseminata di scorie e brecce e, scansando lapilli incandescenti come la loro giovinezza, arrivavano al picco del cratere costellato da fumarole.

E proprio sull'orlo della caldera una volta si sfiorò la tragedia perché Giannuzzu, il più sbruffone della combriccola, aspirò a pieni polmoni i vapori solforosi e si dovette trasportarlo giù a braccia, di corsa, lungo i declivi che precipitano verso il mare.

Ma nella mente di Cincotta l'immagine incancellabile era quel pomeriggio di canicola quando per la prima volta aveva fatto acqua e *zammù* [5]. L'estate bruciava come fuoco sotto la pelle surriscaldando il sangue. Lui e una *picciotta* dai riccioli di ferro e la pelle d'ambra silenziosamente lasciarono indietro il resto della comitiva imboccando una mulattiera che intersecava lo

2 "Stasera la montagna non vuole lavorare?".
3 "No, vuole essere pregata".
4 "Allora preghiamola".
5 "Fare acqua e *zammù* (anice)": "fare l'amore".

scorrimento lavico. Camminarono per un poco. Poi, addossati alle rocce, gli occhi chiusi, bevvero dalle borracce. A un tratto, e nello stesso momento, tutti e due girarono la testa cercando le labbra dell'altro. La ragazza sapeva di granita di gelso. L'impazienza dei sensi e la montagna che ribolliva. Sospesi tra nuvole e mare, i loro corpi acerbi conobbero l'incantamento della passione che esplose come la più spettacolare delle eruzioni tra mille faville, fiumi di lava, nubi ardenti e il cielo che si tinge di rosso.

Sempre, negli anni a venire, nel tempo della virilità confusa, mentre bussava ai postriboli di Punta Cardon, il comandante avrebbe rivissuto quegli attimi in cui gli si erano schiuse le paratie del piacere, e la sua mascolinità aveva gareggiato nientemeno che col dio Vulcano.

"*Cumannanti si stanu mbriacannu tutti pari*"[6].

La voce del marinaio lo distolse dai pensieri abbaglianti della gioventù.

"*Megghiu Toruccio, accussì rumani riciunu c'à vistunu 'a lava aruttari*"[7].

Ma in realtà era preoccupato: il *Trinacria* alla deriva con i turisti infreddoliti e delusi, l'aria smossa solo dal pianto infantile. Convenne tra sé che sarebbe stato meglio tirare l'ancora e puntare sull'isola. Chiese aiuto a Vulcano e lo sentì amico. Era una notte senza luna.

Cielo e mare si confondevano in un immenso tappeto color dell'inchiostro. Aveva una bussola interiore il comandante Cincotta che non lo aveva mai tradito. Nell'oscurità profonda, la mano callosa, scurita dal sole, allungò senza incertezze il bicchiere colmo di nettare. Il bambino bevve, schioccò la lingua e si acquietò.

Gettiti di fuoco squarciarono il buio mirando al cielo.

Lo spettacolo era cominciato.

6 "Comandante questi si stanno ubriacando".
7 "Meglio Toruccio, così domani penseranno di aver visto l'eruzione".

Indice

Kattenkabinet (Museo dei gatti) 7

Compagno di merenda 19

Christmas Miracle 25

Abracadabra 41

Vanni 51

Carretera 59

Jack, l'ebreo 71

Conosci il paese dove fioriscono i limoni? 83

Sueños 101

Rosso o nero? 111

Il compleanno del Faraone 123

Mare Nostrum 135

Soldato delle stelle 147

Vulcano 165